内がわから　日夜　母親を蝕み
血まみれの産道を破って　這い出た
父親はあらかじめ　失われていた
親族や係累も　はじめから絶えていた
揺籃も　乳母車も　産着すらなかった
差し出された乳房に　汚れた爪を立て
乳首を嚙み切り　血のまじる乳を吸った
驚いて引き剝がされ　投げ出された

現代詩文庫　209

思潮社

続続・高橋睦郎詩集・目次

散文

作品論・詩人論

装幀・菊地信義

詩篇

〈目 oculi〉

目の国で

そこ　目の国と呼ばれる地では
人人は私たちが見るようには見ない
彼等の目の中には　手があって
指頭で　遠い木や近い岩にさわる
ときには　五つの指を開いた手を伸ばして
太陽を負うた鷲の飛翔をがっしと摑みとる

＊

そこ　目の国と呼ばれる地では
絵筆による遠近法は存在しない
遠くに動く木と近くに坐る岩とは
色彩の濃淡で段階づけられるわけではない
遠い木は近い岩と同じ線上に並んでいる
視線の舌は同時に二つを舐めねばならぬ

＊

そこ　目の国と呼ばれる地では
目たちはけっして幻を見ることがない
迷宮は正確な計算によって地下を巡り
怪物は具体的に牛の頭《かしら》と人の陰部《かくしどころ》から成る
幻という言葉じたい　音節に分断され
目はその音価を視覚的に計量する

＊

そこ　目の国と呼ばれる地では
死を覆うどんな優しさの帷子もない
死んだ肉体は正午の陽の下に裸で置かれる
目たちはあからさまにそれを見る
魂は肉体を離れて　影の中へと歩み去る
目たちは見えるまで見送り　後は見ない

＊

そこ　目の国と呼ばれる地では

秘密も胸廓の牢獄から引きずり出される
縄目をかけて　光の劇場の中央に立たされ
四方からの視線の礫《つぶて》で血まみれになる
打据えられた罪が泣叫んで退場したあと
客席の目たちも血を激しく噴いている

＊

そこ　目の国と呼ばれる地では
視力の細かい目盛りは意味を持たない
目はあらゆるものをあきらかに見るか
さもなくば　まったく何ものも見ないかだ
見てはならぬものを見てしまった目は
黄金《きん》の留針で　闇の詰まった窩《あな》に変える

＊

そこ　目の国と呼ばれる地では
しかし　最もよく見るのは眼球のない窩
窩に詰まった闇は　光の領域を超えて
影の国の傾斜の濃いどんづまりまで届く

見るとはつまるところ闇が闇を見ること
光の中の目たちはそれを知っている

砂の言葉

「見とおせない網の目の闇の路が
本質的な迷路というわけではない
光の中に地平線まで見えわたる砂の原こそ
まことの　おそろしい迷路」
これは　砂の語りかける言葉

「砂の果てにようやく見いだした村落を
確かなものと信じるのは誤りだ
そこの涼しい木蔭で飲みほした水も
一瞬ののちには汝の皮膚から失せている」
これもまた　懇ろな砂の言葉

「むしろ　すすんで砂を手に掬《むす》び

砂によって渇きを癒すすべを覚えよ
蜃気楼の城壁のうちに身を伸べて
眠りを摂るわざを汝のものとせよ」
これは　砂の教える言葉の第三

砂の言葉は　砂もて砂の塔を積み
積みあげると同時に　頂から崩れてゆく
旅人はそのほとりを　かならず右廻りに
焼けこげた影として通りすぎる
両の耳には　蜜蠟が詰まっている

図書館あるいは紙魚の吐く夢

往古《いにしへ》一賤子あり、名を辰といふ。幼にして書を愛すること淫《たはく》るに似たり。生家固《もとよ》り貧、書冊また乏、則忽にして読破、借覧すること近より遠に及び、十有五歳既に字を知りて海内に並びなし。王の聞くところとなり翰林の郎に抱《かかへ》らる。狂喜して終日《ひねもす》書林を出ず、遂に書蠹となる。書を蝕して餌となす。見られて縄せられ、水中に投ぜらる。蝕中の冊と一嚢せられしは、同じく書を好む王の些情なり。辰、浪下に沈むで大蛤《おほはまぐり》となる、名《なづ》けて蜃となす。恒に常に水底の苔を食み、七彩の気を吐いて浪上に楼を結ぶ、悉く書楼なり。王憐むで、悲ブノ蜃気楼ニ一詩ヲ作るといふも、惜しむべし今に伝はらず。当今東海に一書痴あり、辰の裔を称するも志卑《ひく》く大貝《おほきなるかひ》より小虫《ちひさなるむし》に類す。一日、荒屋の寐《うたたね》の幻に書楼五閣を見る、乃狂詩五篇を得たり。或は王の佚詩の秘に夢に入りしならむかと爾云《しかいふ》。　幻　厦守門《まぼろしのやのかどもり》善財窟荒童子

土の図書館　あるいは泥を読む人

思想の不朽　真理の永遠をいう人よ
きみが思うべきは土の図書館　泥の書物
かつて時の天《そら》高く聳えた叡知の城　神知の刻銘
時の流れは土積みの壁を蝕み崩して　平らにし
泥の書板を歪み溶かして　もとの泥に戻したが
土の不朽　泥の永遠が始まったのは　そのときから
きみが讃嘆すべきは　土とひとつになった土の図書館
きみが解読すべきは　泥に抱きこまれた泥の書物
その前にあるきみも不朽の　永遠の泥土の立像

水の図書館　あるいは流れ去る教訓

指頭に唾《つば》して頁を繰り行を辿る悪癖にも似た悦びは
砂のむこう　水鳥たちの落ちてゆくあのはるかな緑の吃
　水線から
頷きかわす葦たちの根に囁きつづけるのは　葦たちの母
　であり恋人である水
葦を煮て薄く伸ばした紙片があり　葦の紙片を納めた葦
　の籠があるなら
その前に水の紙片　水の紙片を入れる水の手籠があって
　よいはず
水の頁をめくるには両足で流れを穿ち　両手を流れに浸
　すこと
私たちの盲らの指先の読む水の知恵は　ものみなを愛す
　ること書物のごとく
書物を愛すること　流れる水を愛するごとくであれ　と
語り終えて　水の書物の水のすべての頁は去り　水の図
　書館は流れ去る

火の図書館　あるいは文字たちの恍惚

古代の昼と中世の夜をこめて　暴戻の　狂信の火が焼い
　た
幾百の図書館　万巻の書物について　人は哀悼の言葉を
　尽すが
炎の腕に抱かれたときの文字たちの恍惚を　誰も言わな
　い
詩人の頭蓋から零れ落ち　写字生のペン先で定着された
　瞬間から
閂を降ろした何重もの鉄扉《てっぴ》　鎖につながれた革表紙に護
　られて
文字たちは囚われの処女《おとめ》さながら　慄えながらそのとき
　を待っている
その革表紙とて　鉄扉とて　つまるところは火の掠辱を
　迎える門
図書館の竟《つい》の密《みそ》かな夢は　炎の指に弄《まさぐ》られ　炎の舌に舐
　めつくされて
火の受難像と立ちあがり　暗い天へ両手をさし伸べる夢

風の図書館　あるいは書物の終末

いま寝そべっている私の目のそば　読みさしの書物をめ
　くる風が
すべての頁をひきちぎる烈風となるのは　たやすいこと
すべての行が飛び去り　すべての文字が喪われるのに時
　はかからぬ
おそらく　こうして多くの年代記が最後の一枚までひき
　ちぎられ
王家の出自と功業を語るまことしやかな美辞麗句は寸断
　され
世界の四つの果てまで持ちまわられ　喪われもしただろ
　う
すべての書物のすべての頁が喪われたあとには　風の書
　物の風の頁
始めなく終わりもないその書物を納めるには　柱も棟木《むなぎ》
　もない風の図書館
風の文字の風の詩行は　風についてしか語らないだろう

空の図書館　あるいは血の鏡としての私たち

地の果て　雲の後ろに声あって　無の無　空《くう》の空《くう》　とい
　う
だが　無の書物　空の図書館を尋ねる旅の終わり　私た
　ちが見るのは
夕焼けの壁に　私たちの骨を天まで届けと組み立て　積
　み上げた棚
そこに充ちる書物のどの一冊も　その紙は私たちの鞣《なめ》し
　た皮膚
鞣し皮のその上に書きこまれた文字は　私たちの血潮の
　インク
血染めの紙を綴《と》じあわせる綴じ糸は　私たちの神経叢か
　ら
これらの書物　この図書館が　無であり空であるという
　なら
無であり空である私たちの鏡が　これらの書物　この図
　書館
あるいは　私たちこそが図書館と書物の血なまぐさい鏡

われらチパングびと

その島は黄金の雲をまとって
海図のどこにも存在しない
その島の住民であるわれらも
現実のどこにも存在しない
商人マルコ・ポーロの妄想の海
その海と一つづきの航海者たちの
脳髄の海洋の暴風雨《あらし》に浮かび　漂い
われら　チパングびととなるもの
ついに幻の　夢の　不在の群集
われらの言《ことば》を信ずるなかれ

目について論ずるなら

I

目について論ずるなら　まず
きみが目を知ることは　ついにない
なぜなら　きみにとって　目とは
きみの目のことにほかならないが
きみの目がきみの目を見ることは
論証的に　ついに不可能だから

きみは　右手で目を抉り出し
左のてのひらの平面に置く
そのとき　目の除き去られた窩《あな》が
てのひらの目を見ているのではなく
血みどろの二つのむなしい窩を
ひくひくする目が見ているのだ

だから　きみの目は　てのひらから
かつてそれがあった闇に押し戻せ
ふたたび　きみの目をしてきみの目を
見ようという野望は　闇に押しこめ
見るものと見られるものの関係式は
縺れたまま　泥に投げ捨てよ

2

camera obscuraという暗い箱について、われらの知るところは、ほとんど暗い。その大きさについては、われらの推論の顕微鏡が捉える原子核よりさらに小さいとも、われらの想像の望遠鏡が追いつづける膨張宇宙よりさらに大きいともいう。その形については球体または立方体、一説には星雲、またはアメフラシのような不定形ともされる。その内部についてはさらに不分明だが、すくなくとも暗い箱というからには、その外周のどこかにある一定の大きさの覗き窓があるのでなければならない。なんとなれば、覗き窓がなければ、内部が暗いか暗くないか、知りようがないからである。したがって、その内部の暗さは覗き窓から入る光の量に見合う暗さ、すなわち夜明け前または日没後の薄暗さで表現される暗さでなければならない。その薄暗さの中にあるものは、何か。それを見極めるための目は覗き窓の大きさに応じて、言い換えれば暗い箱の大きさに応じて、小さくまたは大きくならなければならないわけだが、論理の帰結からいって、覗きこむ目に捉えられるものは覗きかえす目であるはずである。いや、覗きかえすというのは覗きこむ目の勝手な思い入れで、そこにあるのは何も見ていない目、じつは目という名の不定形の唯一者であって、その唯一者はまったく他者を関心することなく、無限の自慰行為を無限に反復しているはずで、それが暗い箱の唯一の存在理由である。ならば、ひるがえってその暗い箱を覗きこむ暗い箱の存在理由は、何か。暗い箱についての推論は推論の未明に戻る。

3

「見る　見た　見るだろう　という三つの時制を
見ない　見なかった　見ないだろう　という三つの時制
いや　非時制に　正しく置換えてごらん」と
静かな微笑をたたえて　あなたは言われた
「いる　いた　いるだろう　というきみの存在態が
いない　いなかった　いないだろう　という三つの存在
　　態
いや　正しくは非存在態であることがわかる」と

視野というさびしい野を去って行くあなたを
ぼくは「見る　見た　見るだろう」
いや「見ない　見なかった　見ないだろう」
視線という不確かな線の向かう前方に
あなたは「いる　いた　いるだろう」
いや「いない　いなかった　いないだろう」
すべては涙湖という湖から陞《たちのぼ》る幻のせいだ

見えない書物　サンティ・モイッシュに

1

その書物を見た者は何処にもいない
しかし　誰あってその存在を疑う者はない
それは遠い暁暗の雲の奥深く眠っている
かたちなく大きさのないその眠りを覚ますのに
私たちの想像力はあまりにも貧しく弱すぎる
いま私たちの灯の下に拡げられてあるのは
その想像を絶した来たるべき書物の
あまりにもささやかな　ひとつの比喩

2

比喩というものがどれほど有効か試してみよう
その書物の頁数は世界じゅうの書物という書物の
頁という頁をすべて加えたよりもっと多い
その金を打った天地は夕焼けの天地を超えている
その表表紙と裏表紙がたがいに離れていること
東の地平線と西の地平線よりさらに遥かだ
その書物の文字の数は……しかし　その書物は
文字で書かれもしなければ　頁で数えられもしない

3

その書物に記されていないことは何もない
この宇宙のすべての脈搏が記されている
あの薔薇のあらゆる縦皺が記録されている
私たちひとりひとりの秒ごとの行動　たとえば

ここに私が書きつける言葉のひとつひとつさえ
もし私が線をひいてみずからの記述を消去するなら
その消去さえ細大洩らさず書きこまれている
という記述も書きこまれている　という記述も

4

その書物の前で私たちは何者なのか
私たちがそれを読むことは許されず　逆に
私たちがそれに精しく読まれているとしたら
その書物とは鏡のような目で　私たちは
その目に射すくめられるこぼれた活字なのか
その書物は厳重で残忍な牢獄で　私たちは
獄舎の闇に繋がれたなま殺しの囚人なのか
鉄格子に嵌まった青空はついに到達不可能か

5

不吉な書物はいまのうち　それが私たちの前に
姿を現わさないうちに　焼き払ってしまおう
もし不可能なら　それについて縷縷書き綴った
これらの言葉を　燃える火の舌にくれてやろう
だが　その言葉の燃焼さえ　その書物の炎上さえ
余さず記されているとしたら　私たちはどうなる
残されている道は　私たちを紙の炎に投ずること
私たちじしんが燃えて　炎の書物に記録されること

手紙

手紙を書く
きみに宛てて書く
だが
ぼくが書く時
手紙を読む明日のきみは
まだ存在しないし
きみが読む時
手紙を書いた今日のぼくは
すでに存在しない
まだ存在しない者と

すでに存在しない者
とのあいだの手紙
それは存在するのか

＊

手紙を読む
きみが書いた手紙を読む
まだ存在しないぼくに宛てて
すでに存在しないきみが書いた
きみの筆跡が　ぼくを
薔薇いろの幸福で包む
あるいは
菫いろの絶望に浸す
手紙を書いた昨日のきみは
書き終えると同時に存在を止《や》めた光源
手紙を読む今日のぼくは
その時点では存在しなかった目
存在しない光源と
存在しなかった目
のあいだにある手紙の本質は
存在しない天体から
存在しなかった天体へ
闇を超えて届けられる光
それは存在するのか

＊

手紙を読む
昨日存在せず
今日も存在しない
遠い明日の彼が
今日存在しない昨日のきみの
昨日存在しなかった今日のぼくへ
書いた手紙を読んで
薔薇いろの幸福の反射を受ける
あるいは
菫いろの絶望の投影に翳る
存在しない者から
存在しなかった者に宛てられ

別の存在しなかった者が眺しむ光
無から無へ放射され
屈折して　さらに別の無へ
光の渡る深淵
それは存在するのか

能舞台の三つの詩

軽くなりたい。だから能楽堂へ。

死の稽古　大倉源次郎に

まだ死後を体験していないから
地獄の犬ケルベロスを見たことがない
しかし　その吠え声ならこんなかと
見当つけることはできなくはない
能舞台で　鼓方《つづみかた》が鼓を打つ時だ
掛け声をオーホーと長く引っぱって
それから打つ　チチ　あるいは　ポポ
声七分・音三分と言う　と教わった
それなら　鼓方は三分が人で　七分が犬
犬の声を聞いて　ぼくらは亡者になり
人の音を聞いて　生者に戻る　だから
見所《けんしょ》に坐ることは　死の稽古なんだ
死んで生きて　生きて死んで

運命を放擲して　宝生閑に

あらかじめ運命を放擲して
彼は透明な旅人
つねに傍観者の背筋正しく
透明な山河を行きめぐり
男や女に扮した運命に出会い　問う
問いの果てを見とどけることで
運命の溷濁《こんだく》を浄め　昇華し
運命の場の重力を羽化する
濁れず重力を持てないことが　彼の運命
運命を持てない　澄んだ淋しさが

摺り足で橋掛りを戻る彼の後姿から
私たちの目を離させない

笑わない茸　茂山千作に

人が笑うのは恐怖に克つため　と
夢を占う憂鬱な人が言ったのは　本当だ
ならば　この異様な人人は何だろう
笑って　笑って　笑いのめしてみせて
そのじつ　まったく笑っていない
彼らが舞台で笑ってみせるのは
見所の私たちを笑わせるため
笑って　恐怖から解放させるため
森の中で　ワライタケは笑わない
食べた人を笑わせ　光を幻覚させるのだ
アハハ　アハハ　恐怖を忘れなさい
恐怖を忘れなさい　アハハ　アハ
忘れた恐怖は　笑わない人人が
呑みこんで　揚幕へ駈け込む

仮面のむこう　友枝昭世に

この世という薄明の世界
つねに数珠を手に持つ旅人の
だから　数珠を持たないぼくらすべての
白昼の夢にいつか立っている
男だったり
女だったり
老人だったり
少年だったり
鬼だったり
精霊だったり
かれらは等しく
かつての美しき日日を
悩ましき時間を語り
只今の地獄を
記憶の業火を語り
生命という妄執からの解放を
完全な無となることを願う

かれらすべてに変身し
そのどれにもならない
だから　揚幕をくぐり
仮面を外した時
あるのは顔ではなくて
引掻き傷を集めたような
まっ黒な穴
それから
日常という仮面を被り
足袋を靴下に変えて
顔のない雑沓の中へ
だから　楽屋という怖ろしい場所は
覗いてはならない　けっして
そこには　さまざまの地獄が
声なく叫んでいる

目が覚めて

夜なか　目が覚めて　自分の立てる寝息が
歯咬みしている野犬のようだ　と気づいた
それとも　歯咬みしている犬のような寝息に
自ら驚いて　思わず起きあがったのだったか
夢の中で　いったい誰をむさぼり食っていたのだろう
たまっていた尿《いばり》を排泄するために　廊下に出て
それまで自分の寝ていた　からっぽの部屋が
体温の余熱で　温室《むろ》のように熱いことを知った
中には　食いのこされた夢の肉片が　散らばって
高熱の　低いうめき声を挙げているのだ
もうしばらくは　そこへは戻れない
便所の窓から見る　走る雲の中の月が
死体を食って来た唇のように　濡れていた
いま　ここで　排尿しているのは私ではない
私は　走りつづける雲の中にいる　と思った

〈生 vitae〉

雑草の研究

「雑草植物の世界では
つねに生存競争がおこなわれている
とくに自分の体から他の植物に
害を与える物質を出している
植物があるらしい」
謄写版刷りの藁半紙のレポートに
こう記した中学生のきみは　まだ
植物の霊魂について何も知らなかった
植物の霊魂が霊体から出している
霊的物質について知らなかった

「それは私ではない
弟を殺したのは私の霊魂です
だから　私をではなく私の霊魂を
罰していただきたい　私には
罪はないのです」
と　ある犯罪者は訴えている
実像としての人間をすこしずれて
人間の霊魂がある　というのなら
セイタカアワダチソウをすこしずれて
セイタカアワダチソウの霊魂がある
しかし　セイタカアワダチソウの霊魂の行為は
確かな影響を与えずにはおかない
弟を殺した犯罪者の霊魂の行為は
犯罪者自身を絞首台に立たしめる

セイタカアワダチソウの霊魂をずれて
揺れているセイタカアワダチソウの群落を
押し分け　人間の世界に出て行ったきみには
すこしずれて　揺れている霊魂があったはずだ
同じレポートにつぎのように記したのは
きみか　それともきみの霊魂だったか

「去年セイタカアワダチソウの
目立っていたところは　今年
ずっと数が減っている　他の植物に
害を与える物質は　同時に自分を
滅ぼしていくのかもしれない」

猿を食う人びと

私は描きたい　サルを食う人びとを
バレイショを食う人びとを描いた画家のように
（外は吹雪いている　内は火が燃えている）
それは別のことではない　ランプの下で
バレイショを食うことと　森でサルを食うことは
バレイショを食うと　バレイショの血が血管を流れる
ように　サルを食うと　サルの血が血管を流れる
バレイショを食う人がバレイショになるように
サルを食う人はサルになる　そのサルの血が
死で満たされているなら　死のサルになる

（死は真っ赤に燃えている　生は吹雪いて見えなくなる）
死のサルになるサルを食う人は　私と関係のない
誰かではない　死のサルを頭からむさぼり食う人は
死のサルになって叫ぶ人は　私だ　他人ではない
（悲しみで張り裂けそうな死のサルの血は　私の血を
死のサルの血にすることを　はげしく夢見ている）
いま私は絵筆を取り挙げた　バレイショを食って
バレイショになる自分を描きながら　その絵筆を
持つ指先からバレイショになった画家に　準《なら》って
（生は吹雪いている　吹雪いている　燃えている）

花冠

今日　風が吹いて　羊たちの頭をいっせいに丘の頂へ向かせた
今日　風が吹いて　羊飼いの黒い衣を長身の立像のかたちに皺寄せた
今日　風が吹いて　赤子を抱く女の顔覆いをいっそう目《ま》

深《ぶか》にした
今日　風が吹いて　大地に貼《は》りついた家家の忍従の表情
　をさらに固くした
今日　風が吹いて　太陽の白熱の回転を速めに速めた
今日　風が吹いて　空の中の鳥の道を乱しに乱した
今日　風が吹いて　私の赤裸《あかはだか》の心をかぎりなく悦《よろこ》ばせた

*

人は寄り添って生きる
伏せた睫毛と伏せた睫毛で
ふるえる鼻孔とふるえる鼻孔で
軽く開いた唇と唇で
もの言いたげな指と指とで
薄い皮膚のすぐ裏まで高まっている血潮と血潮とで
たがいにはっきりと聞くことのできる
鼓動と鼓動とで
人は寄り添って生きる
二本の縒《よ》れあった色紐《いろひも》のように
リボンで結わえた二輪の薔薇のように
並び立つ二本《ふたもと》の高い樹のように
二羽のやさしい鴿《はと》のように
二筋《ふたすじ》の交わってはまた離《さか》る水路のように
二つの重なる虹のように
二管《ふたくだ》の調べあう笛の音のように

人は寄り添って生きる
太陽があまりに酷《むご》く照りつけるから
砂の上の一人はあまりに耐えがたい一人だから
二つ寄り添った影は一つの影よりも闇のささやきに充ち
　ているから
人は寄り添って生きる
寄り添って生きるように作られているから
人は寄り添って

*

生きるためには泥の壁
生きるためにはわずかな木蔭

生きるためには木のテーブルと二三の木椅子
生きるためには素焼きの水指《みずさし》の中の冷えたミルク
固いパン
しわしわのオレンジ二つ三つと塩干肉《しおぼしにく》の一かけら
オレンジや干肉を切る　また時としては身を守る　ぼろで巻いた刃《やいば》
生きるためには窓と天窓
深い空
はげしい光の矢と微風《そよかぜ》のやさしい指
昼の沈黙《しじま》と夜の火
くるまって眠る毳《けば》のすりきれた大きな毛布
夢も知らない重い眠り

生きるためには驢馬の嘶《いなな》き
閉ざされた庭の噴水の滴《したた》る響き
遠い市場のざわめき
夕暮の　また暁の空気を羽搏って飛ぶ鳥たち
生きるためには灼けた砂を踏むためのサンダル
躰《からだ》に纏《まと》って太陽と冷気から傷つきやすい肉を守る一枚の布
生きるためには傷と膿《うみ》
膿の中の暗い熱
生きるためには

＊

私の中に眠る王妃を剔出するのは　誰か
私の中の王妃の傲慢と残酷とを剔出するのは　誰か
私の中の王妃の高貴と淫蕩とを剔出するのは　誰か
私の中のつけ髭と鞭と王笏と媚薬とを剔出するのは　誰か

私はその人を王と呼び　共に太陽と砂と熱病の王国を支配するだろう
愛しあい　裏切りあい　憎しみあうだろう
玉座は背きあい　寝台《ねだい》のあいだに仕切りが置かれるだろう
象形文字めく私の誇り高さは　世世に語り継がれるだろう

王国はまだ　私の汗多い眠りの中に匿《かく》されている

＊

私は海を見た
海は何とほかの何かに似ていなかったこと！
海は真夏の燃え立つ泥壁に似ていなかった
海は泡を噴く瀕死の馬に似ていなかった
海は村外れの埃っぽい墓地に似ていなかった
海は長老の掌《てのひら》の皺《しわ》のさざなみに似ていなかった
海は磨きこんだ銅の鏡に似ていなかった
海は星を縷《ちりば》めた夜の空に似ていなかった
私は何にも似ていない海を見た
私は誰にも似ていない私でありたい

＊

手はしゃべり出す
胸は歌いはじめる
脚は沈黙する

そして
眼は燃える
硬い昼と柔かい夜のあいだで

＊

照りつける太陽の下で　乾いた大地の上で
人は生きた日時計ではないのか
悲しみと悦びのあいだの微妙な翳りの段階を
動き移る　肉なる日時計
しかも　この日時計はごくわずかずつだが
しかし確実に　みずからの生命《いのち》を刻《きざ》み減らして行く日時
計
日ごと　異なる感情の　浅い　深い
さまざまの彩《いろど》りを纏って
疲れた日時計はしずかに横たえよう
たとえば　樹樹のそよぎをうつしてそよぐ
乳母《うば》のような水のほとり
死に似てはるかに蠱惑《こわく》的な仮死の
仰臥のかたちに

仮死の時計よ
そのかたちで大地の呪力に充ちて
ふたたび立ちあがりなさい
太陽の容赦を知らぬ祝福を
両の手をさしのべて賞《ほ》め讃《たた》える
高貴な垂線でありなさい

ジガ　永遠の女性

I

ジガという名の永遠の女性について
ぼくらの机の上に積みあげたメモは
ほとんど意味が無いに等しい
ひとつの世紀という樹木　または
時間そのものの巨木の倒れる轟音が
耳の奥の　すぐそこに感じられる

鼻血いろの　気のとおくなる夕暮
ぼくらは　大きく開いた窓から
紙の束を　舞い立つ蝶に変えて
未知の彼女を尋ね　求める
あてのない旅へ　出発する
失われた鼻の犬を連れて
あるいは　犬の鼻に導かれて
ぼくらの後ろに立ちあがる火の柱
それは　ぼくらの捨ててきた扉

2

ジガ　それは怖しく偉大な鼻の女性
幾枚も重ね穿きしたスカートの中に
ぎざぎざの刃を持つ戈《ほこ》を匿している
鼻めくらの犬にされたぼくらはうろうろ
スカートの迷路に鼻をつっこむ
恐怖の鋸刃《のこぎりば》に引き落とされようために
自分の鼻を指し示すことのできない
ぼくらとは　いったい誰だろう

複雑な寺院のような彼女の秘奥で
ぼくらがすでにぼくらでないとしたら?
ぼくらは不安になって　呼んでみる
おかあさああああああああああああああん
子宮型のドームに反響する五音節こそ
ひょっとしたら　ぼくらのほんとうの名?

3

おかあさん狩りだ
夏の朝の　まだらの犬を連れた
半ズボンの少年ハンターになるんだ
朝露を踏み　夏の落葉を踏んで行く
母親は　森のおくの崩れそうな藁の家
鍋の中で屑ごめをぐつぐつ煮ている
ぼくらは犬を匿して　母親に尋ねる
かあさんの股ぐらで煮えてるものなーに?
ジゴ……おまえとおまえの犬のはらわたさ
ぼくらとぼくらの犬は飛びかかって
無防備の母親を鍋の中にたたきこむ

母親は屑ごめといっしょにぐつぐつ呟く
かあさん倖せだよ　おまえたちの血肉になれて
ぼくらとぼくらの犬は　影のように
鏡の中の像のように　透きとおり
そうして　軽くなる

「私のお父さん」　「私のお母さん」の八十歳の踊り手に

o　不在証明

「私のお父さん」　それはぼくら
お父さんとお母さんとぼく　の聖家族三角形
その硬直した記念撮影のキャビネ判から　一人だけ
糊のきいたハイ・カラーの　首から上が
6Hの尖端で　破れるほど　消されている人
甲に剛毛が猥褻な　太い　脂ぎった指
ステッキをしっかり銜いた　あなたの不在で
ぼくら　つまり　お母さんとぼくは倖せ

「私のお母さん」は　白い割烹着を着て
よだれかけをしたぼくを　抱いている
乳母車は目かくしされて　終わりのない
石段を　もんどり打って　どこまでも

1　春

「私のお父さん」　あなたは顔のない人
顔のない人だから　眼鏡も　髭もない
眼鏡も　髭も　だから顔もないあなたは
ステッキを衝いて　タラップを下りてくる
春は氷が融けて　大陸から客船が着く季節
「私のお母さん」とぼくは　晴れた日の朝から
晴着で固めて　波止場のお椅子で待っている
「私のお母さん」も　ぼくも　晴ればれしくわらって
下りてくるあなたの巨きすぎる靴　を見る

2　海岸の散歩

「私のお父さん」は　非常に大きなお腹
掌《てのひら》には　いつも　甘い汗をかいている
非常に大きなお腹には　縞のズボン吊り
汗かきやすい掌には　リネンのハンカチ
「私のお父さん」は　非常に清潔好き
海岸のお散歩で　かならず海綿を買う
太い拇指は　ぼくのシャツのボタンを
上から下まで　いっぺんに　外してしまう
百を数えて　真赤にゆだったぼく　の腿から
細長い虫のような垢を　何匹も　押し出す
家の浴室のセルロイドの洗面器は　山盛り
いろんな国のいろんな海の海綿で　いっぱい

3　原風景

顔のないあなたの声はどこから出るのか
押し殺した調子で説得しようとしている
眠っているぼくを夜のうち棄て子にする話
眠っているぼくは覚めている耳で聞いている
眠っているふりをしているんじゃあない
ぼくが眠っている時　耳が覚めているんだ
あなたに聞き耳を立てているわけじゃない

耳が澄まされているのは　お母さんの返事に
だが　顔のあるお母さんには　声がない
顔のないあなたの声だけが　乱暴な原風景
の表面を　無神経に　赤黒く塗りつぶす

4　失踪

「私のお父さん」　あなたは突然いなくなる
月曜日の小学校を早退して帰ると　上り框《がまち》に
突然　あなたの大きな黒い靴は　無い
いなくなった「私のお父さん」は　ぼくら
つまり　お母さんとぼくの間の暗黙の禁句
割烹着を着て　じょうずに障子を貼り替える
お母さんの薄い貝殻ぼねに　目を止めながら
ぼくは　ぼくが真昼の道で打ち殺したあなた
または　ぼくの知らない妹たちに杖を引かれて
さすらう盲目のあなたのことを夢精する　あ

5　見取り図

「私のお父さん」　ぼくは大きくなりました
ぼくはことし取って十八歳　ではなくて
八十歳　ね　ずいぶん大きいでしょう
ぼく決心しました　それは「私のお父さん」
あなたを捜し出し　お父さんとお母さん
それとぼく　三人　水入らずで暮らすこと
もちろん　お父さんには顔がなければ
そこで　はた　と　ぼくは気づいた
お父さんに顔がある　そのためには
お母さんに顔があってはいけないんだ
「私のお父さん」は失われた大陸のステージで
「私のお母さん」の顔をハイ・カラーに乗せて
恐龍のお腹を出し　ハンカチを握りしめ
盗汗《ねあせ》のような汗を噴いて　ハイヒールの
脂身のように白い太股を　持ち上げる
左っ！　右っ！　ひだりっ！　みぎっ！

ぼくは　お母さん

スガに　エレナに　ヒサコに

ぼくは　お母さん　いつも痛い夢の目覚め
闇の厚い奥で　水甕の氷を割るひびき
それから　竈《かまど》の割れ木に火の付くとどろき
寝床の胞衣《えな》のぬくもりから　ふらふらと
さまよい出たぼくの　まだ眠たい視線は
あなたを捜し　ようやく　見付け出す
それは冷たい土間に蟠《わだかま》る　巨大な影の固まり
台所の太初の闇に対して　ぼやけた輪郭
輪郭は　それが遮る竈の火によって目覚める
あなたの赤黒い太い腕が燃え木を押し込む時
爆ぜた火が跳び付いて　結ぼれた頭髪《かみのけ》を
まわりからめらめらと燃やす　お母さん
ぼくは　あなたが頭髪《かみのけ》から燃えあがって
巨大な炎になってしまうのではないか
と　いつも思う　だが　お母さん　あなたは
鈍重に手を挙げて　火の粉を払うだけ
また　火との対峙に没頭する　お母さん
ぼくは安心して　そこに巨大な化物がいる　と思う
けれど　ぼくは同時に知っている
お母さん　あなたが小さな可憐な少女で
赤い風呂敷を手に　丸木橋を渡っていること
反対側から　凜凜しい若者が大股で来て
橋のまん中で　どんな会話があったのか
少女を背中にかるがると負《おぶ》い　まっすぐに
台所に入って来て　燃える竈の前に下ろす
それが　お母さん　ぼくらの家の創世記
神話が生まれる前の　陣痛の手つづきというもの
それから　どんな時間が経ったというのだろう
ぼくは　巨大な影の固まりのあなたしか知らない
お母さん　あなたはいつも火の前にいて動かない
動くのは　いつも棒のように痩せたお父さん
動くお父さんは　動かないあなたに突進して
何か叫んであなたを撲《ぶ》つ　物と物がぶつかる
音がするだけ　あなたは声もあげず物としている
しかし　物の中で心が時に耐えられなくなると
立ち上がって　やみくもに走り出す　その時

なぜか　ぼくら子供たちを　親餅のまわりの
子餅のように張りつかせている　ぼくらは
いや　子餅は親餅からちぎり捨てられないよう
お母さん　あなたの巨大な影の輪郭に張り付いて
暗い風の中を　あなたと一つになって　走る

＊

垂乳根《たらちね》の母のみことは　慈《いつく》しみ深くしませば　豊乳房《とよちぶさ》ゆ
たに垂らさせ　甘乳汁《あまちしる》多《さは》に注《そそ》がせ　この地《つち》は垂乳根の地
この天《あめ》は垂乳根の天　靴の紐固く結《ゆ》ふとも　竈の火後《しり》へ
にすとも　汝《な》の目指す陸《くが》のいづちも　汝の渡《わた》る海《わた》のはた
ても　ことごとく母の領《うしは》き　すべからく母の掌《たな》そこ　逃《のが》
るべき隙《ひま》もあらねば　匿《かく》るべき隈《くま》もなければ　諦めて踵《くびす》
返して　骨弱き乳呑児《ちのみご》と若《を》ち　怖ろしき乳房に圧《お》され
いとどしき乳汁に溺れ　死なめ安らに
門戸出《かなとで》の若き旅人足止めよこの朝焼はけだし夕焼
垂乳根の豊乳雲《とよちぐも》は天《あめ》に満ち道のいづちも胞衣《え》隠《なごも》るらし

＊

ぼくは　お母さん　あなたを告発する
あなたはとても偉大で　とてもむごたらしい女《ひと》
ふるえるぼくらを　凍える闇の中に閉じこめて
あなたの部屋には　耿耿《こうこう》と明るいシャンデリア
炉には　いつも暖かい美しい火がぱちぱち燃えて
熱いチョコレートを啜りながら　執務する
戸棚には　上等の毛皮のコートが何十着
ぼくらには汚れて孔の空いた古靴下が片方だけ
お母さん　あなたの仕事とはお父さんとの愛
二人の愛の証しに　世界一の宮殿を建てましょう
息子たちの体位向上のため　世界一の体育館を
彼らだって　きっと賛成するに決まっています
もし反対なら　つかまえて赤はだかに剝《む》いて
雪の中に黒い穴を掘って　埋《うず》めてやりましょう
それでもなお強情を張るほど馬鹿な子なら
チョコレートより熱い火を噴く大砲を
たとい死んでも　代りの息子はいくらもいる
いなくなったら　二人の愛で拵えればいい
お父さん　あなたの陰嚢は太太と充実して

あたしの骨盤は鉄の処女のように若く強靭
そうです　お母さん　あなたの論理の基盤は
無慈悲な塵芥処理器のような　逞しい骨盤
ぼくらをそこから産みもすれば　また潰しもする
ぼくは　お母さん　あなたに銃口を向ける
ぼくの目にあふれる涙を無視して　あなたは叫ぶ
あたしはお前のお母さんではないのかい
そして　この人はお前のお父さんでは？
そうです　お母さん　あなたはぼくらのお母さん
そして　その人はぼくらのお父さんだから
ぼくは　あなたとその人を殺さなければ
ぼくは　お母さん　あなたを愛しているから
お母さん　あなたが半狂乱で逃げまどう閉ざされた庭
それは　あなたじしんの子宮ではなかったのですか
お母さん　お母さん

*

垂乳根《たらちね》の母のみことは　慈《いつく》しみ深くしませば　豊乳房《とよちぶさ》ゆ
たに垂らさせ　甘乳汁《あまちしる》多《さは》に注《そそ》がせ　この地《つち》は垂乳根の地
この天《あめ》は垂乳根の天　靴の紐固く結《ゆ》ふとも　竈の火後《しり》へ
にすとも　汝《な》の目指す陸《くが》のいづちも　汝の渡《わた》る海《わた》のはた
ても　ことごとく母の領《うしは》き　すべからく母の掌《たな》そこ　逃《のが》
るべき隙《ひま》もあらねば　匿《かく》るべき隈《くま》もなければ　諦めて踵《くびす》
返して　骨弱き乳呑児《ちのみご》と若《を》ち　怖ろしき乳房に圧《お》され
いとどしき乳汁に溺れ　死なめ安らに
垂乳根のもろ根断つとも柞葉《ははそば》の母といふ樹は枯るること
なし
垂乳根を千千に砕きて撒き撒けば柞《ははそ》の森は地《つち》を覆はむ

*

ぼくは　お母さん　あなたの燃える竈を後に
振り返らなかった　それは落葉の　綿雪のむこうの
もうすっかり黄ばんだ古い朝　それとも日暮れ
ぼくは　お母さん　行く先先から絵葉書を出した
それらの風景を　あなたは憶えていますか
ぼくは憶えていない　ぼくが憶えているのは
それらの風景ではなく　それらにペンを走らせた
坐り心地の悪い椅子　目に馴染まぬ灯りのこと

ある日　書いていて　それが　お母さん　あなたへ
ではなく　ぼくじしんに宛てた手紙だ　と
気付いた時　ぼくは書くのを止めた
ぼくの古鞄《かばん》には　夥しい国の夥しい市《まち》のシール
それより夥しい放浪の記憶のシールが皮膚の上に
ぼくの本当の顔も　あなたが呼んだ幼い名も
もう誰ひとりとして　知る者はないでしょう
ぼくは帰って来ました　見知らぬ者として
むしろ化物として　なつかしいあなたの竈に
むしろ竈の記憶に　というべきでしょう
竈はとっくにない　割れ木に火の付く音もない
だから　そこに頭髪《かみのけ》の燃えるあなたもいない
竈の遠景の危い丸木橋も　その下の流れもない
だから　赤い風呂敷を抱いた少女もいない
あなたは少女ほど小さく　しかし腰曲り皺じみ
さらに小さく小さく　点になって　消えてしまった
お母さん　いま　あなたはどこにいますか
あなたはぼくの中にいて　やはり赤い風呂敷
丸木橋を渡っていく　若者にいきなり負《おぶ》われ
下ろされた竈の前にしゃがんで　見る見る巨大に
ぼくは　お母さん　いまさら何を匿しましょう
ぼくはあなたの視界からの長い不在のあいだに
あなたを孕《はら》んでしまった　不恰好に大きなお腹《なか》
ぼくが男だったと　もはや誰も思わないでしょう
頭髪《かみのけ》もまっ白になって結ぼれ　もう臨月です
眼を血走らせ　ぜいぜいと苦しい息をして
ぼくは　お母さん　あなたを産み落とさなければ
あなたの産道より暗い　ぼくの咽喉《のど》の奥から
力のない薄い血といっしょに　ぼくは
お母さん

＊スガは舞踏家故土方巽本名米山九日生《くにお》の母。エレナは前ルーマニア大統領ニコラエ・チャウシェスクの夫人にして同国「国母」。ヒサコは筆者の母。三つの名を借りて、すべての母性なるもの、そして息子なるものに、この作品は献げられる。

杉

祖母は言った　「お前が生まれた日
山に杉を植えた　今日お前に与えるから
お前の住む小屋を建てるなり
売ってお金に替えるなりするがいい
私の乳房はしわしわの皮ぶくろ
お前に吸わせる乳はもう出ない」
おお　杉は私と同いどし　私は
鉞《まさかり》をふるって　抵抗する彼を切り倒し
刳りぬいて　匂いのいい棺を作ろうと思う
祖母を生きたまま押し込め　蓋を釘打ち
無月の音のない海に押し出そうと思う
それは大地ほど老いた祖母と
大空ほど若い杉との永遠の婚姻
生涯不幸だった祖母への私の贐《はなむ》け
杉と祖母と私しか知らない犯罪こそが
私の小屋　私はその小屋に住み
その小屋を死ぬまで持ち歩こうと思う

暗欝で臆病なカタツムリのように

草霊譚

都市は悪である　なぜなら都市は
売淫窟と両替所と学校とで出来ているから
そう宣言して　きみは戸口という戸口
路地という路地から　住人を追い立てた
建物という建物　窓という窓に浄めの火をかけ
振り返る頬を平手で打ち　土足で踏みつけた
天の火事の下　長い道のりを跣足で歩ませ
道の果て　日の暮れの焼畑に跪かせた
血になるまで　爪で石土を掘り返させた
動かなくなると　銃の尻で首の骨を砕いた
草むらに棄てて　夜露の凌辱に委せた
きみはけっして間違っていない
きみの水のように澄んだ目が証明している
だが　きみはとどまっていてはなるまい

都市を焼いた手をゆるめず　村落を焼き
商人を打った眉根で　農民を打ち
悪の根源である人間を　赤子の果てまで
闇のうちに根絶やしにしなければならない
すべての人間を滅ぼした末に残るただひとり
きみ自身を　きみの股間の生命の根を
石で潰した時　きみの唇には
美しい微笑がうかんでいるだろう
きみの肉体は潰されたそこから腐り
開《あ》いた穴を草が貫き　風にそよぐだろう
繁茂する草と木の夜明けが訪れる
きみに宣言させ　人間という人間を滅ぼさせ
きみの生命の根を暗い穴に変えるのは
きみ自身ではなく　きみの肉体に寄生した
さみどりの優しい草の精霊
かもしれない

恐怖する人

私たちのいるこの宇宙がいつか消滅する　と考えること
は怖ろしい
宇宙に終わりがある以上　始まりがあったはずだ　始ま
り以前には宇宙は存在しなかったはずだ　と考えること
は　さらに怖ろしい
かつて無く　やがて無い宇宙に　いま私たちが生きてい
る　と考えることは　怖ろしい
この宇宙に何の意味もなく　意味のない宇宙に　私たち
の生きていることに何の意味もない　と考えることは
怖ろしい
怖ろしいと感じることだけが　私たちの存在の実体だ
と考えることは　怖ろしい
怖ろしさが終わることは　怖ろしさが始まらなかったこ
とと同じだ　と考えることは　決定的に怖ろしい
お願いだ　この意味のない宇宙がいっぱいになるまで
怖ろしさを成長させつづけ　増殖させつづけてくれ　や
めないでくれ

暗い鶴

ツルを真近に見た時　暗いと思った
湿原の垂れこめる冬空のせいもあったかもしれない
調教師というのだろうか
ゴム長靴を穿いた暗い顔の男が
雲を睨んで　こうこう　と鳴いてみせると
長い首を見えない太陽へ伸ばして
こうこう　と鳴き上げた
ジャンバーの両手を拡げて走ると
汚れた両翼を半開きに追っかけた
成長したツルの夫婦愛は　見ていて
涙ぐましいばかりだ　という
相手が死ぬと　まわりを鳴いてめぐり
いつまでも離れない　という
しかし　死体を取り去ると
けろりと忘れてしまう　という
その忘れかたも暗い　と思った
そういうツルの習性を産んだ
暗い力が　寒ざむと怖ろしかった
神のことを考えると　真近に見たツルの
燃える泥のような目が　思い出される

書くこと

文字を書くことを覚えてこのかた
長くも　短くもない旅の途中
いたるところに　机があり　椅子があった
小学校の蓋付きの机と凭れのない椅子
ホテルのロビーのマホガニーのテーブルと揺り椅子
外国の公園の石の台と石の尻置き
あるいは大陸を横断する列車の座席と袖テーブル
立ちんぼの空気が机で椅子のことも
いつも紙きれと禿び鉛筆があればよかった
紙きれが机であり　鉛筆が椅子だった
何か書いていると　書いているあいだ　充足した
書くことが机であり　椅子だった

鼠の歌

真夜中の黒光りする柱に凭れ
天井を見上げてうたう　母の歌
ネズミよネズミ　私らの親しい友達
そんなに騒がしく愛を営むなら
どうして騒がしく子供を産まない？
おおニンゲンは逆！　ひっそり営んで
子供を産んでは　七日七夜大騒ぎ
さんざ騒がれ　祝われた子供たちは
成長し　戦地に送られ　殺し殺される
成長しそこねた子は　手にネズミ取り
かかったネズミを殺してこいと　家の外へ
命乞いするけなげな合掌に　途方に暮れて
野の果のうつくしい夕焼に　立ちつくす
夕雲の下にも　目のくらむ水はあちこち
ずぶ漬けの小さないのちは　じきに静かに
しっかり目をつぶり　白い歯を見せた
いわれのない死を　子供は忘れず老いる

殺さなければ殺される　そうだろうか
ほんとにそうか　ニンゲンよニンゲン
百万年のネズミの親しい友達よ
百万年　天井を見上げる母の歌よ

〈旅 itenera〉

庭

1

この夏は庭の土を入れ替えた
新しい土にハッカを播いた
露をくぐって新しい葉を摘み
沸き立つ湯をポットにそそいだ
サラダの仕上げにも載せた
サンドイッチにも挟んだ
白い紙にペンを走らせる仕事机の
コーヒーカップにも活けた
爪先も思いもハッカに染まった
庭の色の夏だった
ハーハ

2

花になったハッカの終わりは
さびしい
薄紫というにも淡すぎる
季節の終曲に心を残し
庭を後ろ手に閉めて
新しい靴　新しい鞄
私は出て行った
今日の庭から明日の庭へ
それは盛りよりも暑さ
耐えがたい夏の終わり

3

石造りの二階家をめぐる
その庭はイチゴやスグリの庭
サヤインゲンやズッキーニの庭
大きなパラソルをかかげた
庭のテーブルの位置からは

開いたドアを通して
磨きたてたガス台や流し台
磨きあげた鍋やフライパン
毎日サヤインゲンと羊の煮物や
ズッキーニのニンジン詰を食べた
イチゴ酒やスグリ酒に酔った
長い午後の庭で庭について
はてしない会話をした

4

「昨日庭から出て
今日庭にいます
なぜ人は庭を必要とするのか
庭がなければ生きられないのか」
「家に庭がないのは
内臓に肺がないようなものだ
庭で財産を費いはたした貴族が
英国にいたが幸福な人だと思う」
「庭を塀や壁で囲んでしまうのは
利己的な感じがしてなりません
風通しのよくない肺臓は
肺として機能しないのでは？」
「しかし囲いのない庭は
やはり庭として完結していない
閉ざされてしかも開かれている
そんな庭はないか　ハーハ」

5

庭のテーブルに便りが届いて
私の靴が後にした故国を連日
雨が占拠しているという
雨に居坐られた私の庭は
まだ私の庭なのだろうか
サンゴジュの生垣に囲まれて
入口はただ一ところ
白塗りの木戸は簡単に開く
雨風はそれを押して自由に
出入りしているのだろう

雨の庭の中の雨の家は
はたして私の家か

6

ホテルの窓を開くと
窓の下は踏切
踏切のむこうは
どこまでも続く庭
色づいた高い樹の下を
人人が行き来している
柄のついたコップを持って
樹樹の奥のモスクのような
円屋根のパビリオン
中に入ってたくさんの蛇口から
たくさんの違った水を
コップに受けて飲む
飲んでまた庭を歩く
庭で出会った同士
とりとめもない会話
それは庭について
庭をめぐる旅について

7

「この庭が気に入ってますの
ええもちろんここの水も
この国でたった一人　マダムと
呼ばれている女優も見かけたわ」
「昔から憧れの女優です
彼女を宇宙を支配する女王
として芝居が書きたいな
もちろん舞台はここの庭」
「たしか八十歳をいくつか
過ぎてるのにいまでも綺麗
きっとこの庭と水のせい
でももう季節も終わりね」
「ここは秋が早いのですね
空もへんに青すぎますし
この庭が閉ざされたら

みんな何処へ行くのだろう」
「私はアフリカに行く
ぜんぜん別の庭なの
春が来たら帰ってくる
庭から庭への旅人　ハーハ」

8

疲れた靴　疲れた鞄
いま前向きに開ける庭は
秋を通りすぎて冬の初め
長雨で繁りすぎた草が
そのまま立ち枯れて
ハッカ色の夏の思い出も
薄紫のその終曲も遠い幻聴
植物は地中深く暗い旅に出て
春まで帰ってこないだろう
あの色づいた庭で立ち話した
日焼けした夫人のように
私は家に入ってストーブを点け
庭についての黙示録をめくろう
旅のみやげの褐色のボダイジュに
熱い湯をそそいで
ハーハ

＊ハーハ＝ha-ha。造園用語で隠れ垣の意も。驚嘆の声から出ている、という。

旅する血

私たちの来歴は古い
源が見えないほど古い
私たちは隙間がないほどひしと抱きあい
声をひそめて　時の皮膚の下
暗い河床を流れつづけて来た
私たちはいつでもどこでも旅の途中
あなたが旅の途中の涼しい木蔭で
戯れに抱いた仔猿の戯れの咬み傷から

あなたの中にひそかに流れ込んだ私たち
あなたの血管という血管で荒れ狂い
細胞という細胞を発熱《ほつねつ》させ
臓器という臓器の皮膚を破って
洪水のようにあふれ出した私たち
あなたという旅籠《はたご》を壊し　通過して
あるいは　あなたの声と匂いとを
ひとりひとりの記憶に刷り込んで
私たちの沈黙の旅はつづく
それは喜びでも悲しみでもない
あえていうなら
休むことのない愛

柵のむこう

大小　何十という石積み墓が
不規則につづく遺跡の丘　また丘
丘には　九月の午前の冷たい雨
大きな傘を掲げた考える人は
突然　柵のむこうを指し示した
あちらの丘の石積みのそば
揺れている木立が見えますか
あの木蔭に行って瞑想した人人は
かならず涙を流しながら帰ってくる
理由は知らず　不思議な力があるらしい
予定が詰まっていたので　車に乗りこみ
私たちは　その木蔭には行かなかった
行かなかったが　心だけは残して来た
残して来た心が静かに涙を流すのを
その夜の宿の夢の底で知った
ベッドに木立がかぶさっていた
葉むらから光がそそいでいた
光は光の言葉で親しく語りかけた
私はそれを水がしみるように理解したが
いま　私たちの言葉に翻訳はできない

井戸を捜す

人はみな自分の井戸を持つべきだ
それは　泥炭の丘また丘を旅していて
教えられた枯草の匂う知恵の言葉
導かれた井戸は　丘のふもとの窪み
立てかけられた木の蓋を取ると
ふるえている泥炭いろの浅い水量《かさ》
私は　遠いわが裏庭の忘れられた古井戸
蓋をしたままの油の浮いた水を思った
帰ったら　あの井戸を浚《さら》えなければ
それよりも　私自身の内側の井戸を
浚えるよりも前に　まず捜さなければ
私は　わが家の井戸蓋を埋める落葉より
さらに夥しい内側の怠惰の堆積を思った
甕に貯め置かれた泥炭の井戸の上澄みは
蟠《わだかま》る曇り空の裂け目から覗く空のように
するどく冴えて　舌とのどに喜ばしかった

アイルランドで私は

アイルランドで私は　毎晩
夜なかに起き出しては　旅の荷を整理した
ズボンを穿き　セータを被り　まだ暗い外に出た
頬にぶつかる空気も　靴底が踏む砂っちも
すべてが目覚めているのを　切実に感受した
そこでは樹は小枝の先まで血液の通う樹
鳥たちは一羽一羽　別の魂を持つ鳥たち
海がはじめて見るようにあたらしいから
空が生まれたばかりのようにみずみずしいから
この美しい世界がいつかは終わることが
疑いを容れる余地なく　確かに信じられた
生きていると感じる一瞬一瞬が痛いほど甘美だから
一瞬一瞬のいつ終わってもいいように
つねに自分のこの世の旅を整理していた
アイルランドで

美しい崖　田村隆一に

1で始まった二番目の千年紀は　0で終わる
三番目の千年紀の始まりの地点から見る
二千年紀の終わりの眺めは　どんなだろう
それは　たとえば海面から天へするどく切り立った崖
私は思い出す　遠い光の中のひとつの風景
赤い大陸のどんづまりの　棄てられた墓地
夜の海を船で渡り　早朝のバスに揺られて行った
墓地の行き止まりは崖で　腹這ってこわごわ覗くと
青い海の白い縁《ふち》を噛む　ごつごつした岩の上
足を辷らした犢《こうし》の死体が　塩水を吸って膨らみ
剝き出しの黄ばんだ歯と桃色の肋《あばら》をあらわにして

だが　それは崖の上から覗き込む海
こんどは逆に　下の海面から振り仰ぐ崖
崖の上に何があるにせよ　それは見えず
見えるのは　底知れず深い空の青のみ
おまけに　見あげる者の立つ小舟は
昂《たかぶ》りやまない大波に　揉まれっぱなし

フィレンツェの春

あはれ　春こそはうるはしきかな
さはれ　そは速かに過ぎ去り行かむ
愉しまむ者は　すべからく愉しむべし
明日といふ日はさだかならねば
――ロレンツォ・イル・マニフィコ

i　フィレンツェの春

フィレンツェの春は　よく雨が降る
晴れたと思った空は　たちまち雲に覆われ
雨脚に追われた旅人たちは　教会やバルに逃げ込む
だが　屋根や扉は避難者を護ってくれるとは限らない
かつて　ある者は屋根の下で行き場を失って殺され
ある者は扉から引き出されて　広場の火の上に吊された
いま　きみを引き出し炙るものは　きみの欲望
美しいものを確かめたいという　押さえがたい火が

世界の果てから　きみを追い立て　引き立てた
火を和め　鎮めてくれる水の功力《くりき》を　むしろ喜べ
ここで再生し　成長し　衰弱した古代の春の運命を
コーヒーを味わいながら　ゆっくりと考えよ
雨はそのうち通り過ぎる　小鳥の声が教えてくれる
雨の上がった石だたみは光って　しっとりと優しい
靴紐を結びなおして　さて何処へ行こうか

ii　水そそがれて　マザッチョ　一四〇一―一四二八

私はいくつもの暁を知っているが
千四百年代《クアトロチエント》フィレンツェ　春の暁は
とりわけ美しく　とりわけ痛痛しい
暁は下のもの一枚の裸で　腕組みして
ふるえながら　水をそそがれるのを待ち
真裸の男女となって　恥しさと不安に怯えながら
園の外へ　追い立てられて行く
それは　若く脆かった才能の変幻
彼が水をそそがれ　追われ去った後
彼の早すぎる登場と退場を悼んで

美の明る過ぎる昼と午後が　つづく

iii　行方知れず　ボッティチェルリ追慕

先立つ冬は　長く苛酷だったが
つづく夏も劣らず　残忍で長命の圧制者
間《あいだ》の春のなんと美しく　なんと短いこと
木の花　草の花が咲ききそい
小鳥たちが鳴きくらべする森の奥で
かぐわしい女神たちに囲まれて
若若しいヘルメイアースに変装した
聡明で好奇心に満ちたきみは　たちまち老い
杖を突き　足を引きずって　美術家組合の会議に
つかのま顔を見せ　以後杳《よう》として行方《ゆきがた》知れず

iv　くりかえし　サン・マルコにて

背に柔かな翼持つ眩しい伝達者は　くりかえし訪れ
硬く青い乳房持つ処女は　くりかえし振り向く
しかし　その時ほど　伝達者の唇が敬意に震え
処女の目が驚きに満ちたことは　かつてなかった

屋外の草花たちが浄らかに匂い立ち
室内の空気が澄んで細やかだったことは　なかった
奥部屋の窓の外の緑が新しかったことは　なかった
その一度きりの朝に　くりかえし逢うために
階段を上る　くりかえし　目をみはる　くりかえし

v　トスカナの兎　ベノッツォ・ゴッツォリの

堅固な石壁に囲まれたメディチの館　家族礼拝堂
その漆喰壁を覆い尽す三王礼拝図の　山坂越える行列の
中
十歳のロレンツォ扮する若き王を前駆する　トスカナの
兎
美美しく飾られた馬たちの蹄に追われ　狩犬たちの牙に
追われて
あの剽軽《ひょうきん》で狡猾ないたずら者めは　何処へ失せたか
フィレンツェの石だたみをいちんち　ほっつき歩いた夜
の
テーブルに皿に乗って出て来た　ジャガイモといっしょ
に
飢えた胃の腑に流し込まれた　土地の赤葡萄酒といっ
しょに
このいたずら者の名は自由　不羈《ふき》　好奇心　誇り高さ
もし彼の肉が朝　水洗の水とともに流れ去ったとしても
彼の魂は兎の亡霊となって　私の中に残るとしたら
メディチの館の質朴な外観と豪奢な内実の背反さながら
上べの老いと内面の未熟の　収拾の着かない矛盾混乱を
私はどう生きればいいのか　教えてくれ　逃げないでく
れ
耳長の　足強《づよ》の　五百四十歳の若若しい魂よ

vi　鋭過ぎる鼻　あるいは鼻つんぼロレンツォ

詩人に歌わせ　画家に描かせた
神話の春という名の　現世の繁栄
女神に扮した愚かな女たち
典雅に装った耐えがたい頽廃
快活に　豪奢に笑いながら
寛大に　大度《たいど》に振舞いながら
あなたは　誰よりも冷徹に見ていた

盛りの春の肉の組織に育つ病巣を
眩しい建築物の皮膚のすぐ下の骸骨を
ロレンツォ・イル・マニフィコ
あなたの　芳香に対し閉ざされた鼻は
歴史の腐臭を嗅ぐ鋭過《と》ぎる器官
甲冑と盾に守られた銀行の奥深く
フロリン金貨は金糞《かなくそ》に化けていた

vii　21世紀サヴォナローラ

人間の罪は　かつて広場の石だたみの上で
書物を焼き　絵を焼き　楽器を焼き
いま病気の牛を　羊を焼いている
罪ある書物が　絵が　楽器があるわけでなく
罪ある牛が　羊があるわけではない
人間という罪の存在とそれ以外が　あるだけだ
諸悪の根源である人間を　すべて集めて
石だたみの上で　百日　千日　焼き尽しなさい
天まで届く火炙りの炎を見上げながら
牛が朗唱し　羊が伴奏する反人間の楽園よ
来なさい

viii　大きな手

ダヴィデとは　ヘブライ語で大きな手
かつて　若さは美しさ　美しさは正しさ
正しさは大きさ　と　彫刻家も　市民も
等しく信じて疑わなかった時代が　あった
いま　若さは愚かさ　美しさは傲り
正しさは独善で　大きさは単なる粗放
若者の右手の握る投石器は
ぐにゃぐにゃの模造品　その手も
日頃の乱倫と飽食で　しみだらけ

ix　ヴィンチにて

オリーヴ畑の起伏に富むヴィンチは
何人のレオナルドを産んだか
しかし　丘の高みから地の果てを
見遥かしていたレオナルド少年は　ただ一人
少年は父親に連れられて　フィレンツェへ

長じてミラノへ　マントヴァへ　ローマへ
沢山の仕事をし　膨大なノートを残し
遠いアンボワーズで　生涯を終わった
彼の考えていたことは　何とか読めるが
感じていたことは　皆目わからない
博物館の木製模型を見巡っても
生家に残る煤けた壁炉《かべろ》に触っても
彼の内心の秘密は　ついに不可解
あきらめて　領主の丘のレストランで
食べたスパゲティ・ア・ラ・レオナルド
まさか　レオナルド生前のレシピ
というわけではあるまいが

x　空の墓　ソラと読んでください

魂は肉より軽い　と物の本に謂《い》う　しかし
肉だって　骨だって　柩《ひつぎ》の中で溶けて水になり
蒸発して霧となり　空色の空気となれば
魂同様軽やかなはず　敬愛するアリギエリよ
あなたのからっぽの墓を　フィレンツェで見たが
ラヴェンナの墓にだって　あなたがいるかは
すこぶる怪しい　あなたは地上の何処にもいなくて
空色の空の何処かに　むしろ何処にも遍在する
もし　それを墓と名付けてよいなら　その墓は
空の墓　空気の墓　何処にもあって何処にもない墓
フィレンツェからも　ラヴェンナからも　そしてまた
あなたの「神曲」の　地獄界　浄罪界　天堂界からも
等しく遠い　つまり　等しく近いということ
そうですね　透明なあなた　ダンテ・アリギエリ

xi　丘の上から

人間をよく知るには　その人を離れること
離れた位置から　人格を遠望してみること
市《まち》だって同じだ　中心を後ろに丘に登り
高みから全体を　詳しく眺めてみること
あれが大聖堂の円屋根　あれが市庁舎の塔
あの辺に修道院があり　あの壁画が
あの辺が広場で　あの彫刻があったっけ
あそこの椅子で飲んだコーヒーはにがく

あそこのテーブルの生《なま》そらまめはいけたな
だが　それで魅力の理由がわかるか
ここから路地や庭の細部が見えないように
本当の秘密は結局のところ　解けない
そのことを確認せよと言わんばかりに
きみと屋根屋根のあいだを　川が流れる
川に掛かる橋を渡って　ここへ来たのだが
わからないと知ることは　結局よいこと
確認して　重い腰を上げるとしよう
旅の荷はすでにまとめて　宿のロビーに

xii　さよなら　フィオレンツァ　古代ローマ恋歌風に

さよなら　別れるのは　いつだって
誰とだって　つらいものだが
春のうちに　フィオレンツァ
お前と別れるのは　とりわけつらい
でも　別れるなら　つらいうちに
つらくなくなったら　それはもう
別れではない　恋でもない

また来るよ　フィオレンツァ
また春にね　たくさんの木の花
草の花　小鳥たち　そしてまた
見慣れたはずの絵や彫刻の
不意打ちの驚きを　たくさん
用意しといとくれよ
そいでまた　その時別れるのが
今度より　もっとつらいようにね

樹

車がはげしく行き来する道のまん中に
大きなケヤキが立ち　樹蔭をつくっている
行く車も来る車も速度を落とし　大きく迂回する
いつの夏だったか　誰かの車で誰かの家を訪ねた
車の人も　訪ねた家も　思い出せないが
こぶこぶした樹と繁った葉は　年年《としどし》に鮮明
道路を開くとき切るにしのびず残したのだ　と

その顔のない人は　ハンドルを切りながら教えてくれた
人間にはしばしば　行く手に立ちふさがるものがある
人はそれを倒し　踏み越えていくのがつねだが
けっして倒さず　迂回しなければならないものがある
記憶の中の顔のない人はそう言って　ハンドルを切り
通りすぎざま　フロントガラスごし　樹を見上げる

樹と人

もし世界に　樹というものがなかったら
葉ごもりが濃い影を落とす切り通しがなかったら
木洩れ陽に染まってその下を通り過ぎる私は　いない
まぶしがり私の目がめざす　遠くの集落はないし
そこで鬨《とき》をつくる鶏や吠え立てる犬は　いない
そこで出会うかもしれない青葉の匂いの若者は　いない
もし世界に　樹というものがなかったら
周囲が私に沈黙を命じる日日
そこに出かけて自分を放つ森は　ないし
細胞をみどりに甦らせて帰る私は　いない
もし樹というものがなかったら

無いという樹

無いという樹について言うなら　地中に白い繊毛をひろげる根が無い　天心にむかって立つ逞しい幹が無い　小鳥の群を休ませるたくさんの枝が無い　木洩れ日をこぼす葉ごもりが無い　人を見上げさせる葉越しの空が無い　土の上に投げる樹のかたちの影が無い　だが　こう否定形を並べることで　心はいっぽんの樹を思い描いてしまう　無いという樹は無いということで　在るという樹の在るということと　等しい重さで均《つ》りあうということ
無いという樹について言うなら

〈讃 laudes〉

ピュタゴラス豆

1

「豆を食べてはならぬ」と
我等の師は言った
「豆は死者に属しているから」と

「死者を食べてはならぬ」と
我等の師は言わなかった
「死者は豆に属しているから」と

「死者を食べなさい」とも
我等の師は言わなかった
「死者は豆に属さないから」とも

「豆を食べなさい」とは
我等の師はむろん言わなかった
「豆は死者に属さないから」とは

「汝等の師を食べなさい」と
死者が言ったわけではない
「汝等の師は豆に属さないから」と

「汝等の師を食べてはならぬ」と
豆も言ったわけではない
「汝等の師は死者に属しているから」と

2

我等の師についての記憶は最初から豆と繋がっている。師がこの島に現われたのは豆の収穫のまっ直中《ただなか》。全体として豆粒型をしたこの島のほぼ中央に位置する豆打場に立った師は、「晴天のはじけ豆のように」（つまり突然）叫んだ。愚かな豆の莢どもよ、豆を食うのをやめよ！おりから昼時で豆を口いっぱいほうばっていた住民たちは、目を「塩水を含めるだけ含んだ豆のように」まるくして驚いた。その名も豆の島と呼ばれて、豆のほか何も穫れず、主食も副食ももっぱら豆をもってしているこの島では、豆を食うのをやめることは生きるのをやめることに等しいからだ。「小鳥が豆鉄砲をくらったように」あきれて、豆の咀嚼をやめた住民たちにむかって、師は言葉の豆鉄砲を撃ちつづけた。豆は死者と犬の食べものであることを知らぬか！　死者と犬のものは死者と犬に！　人は豆のみにて生くるに非ず！　ここまで聞いたとき、住民たちはてんでに豆打ち棒をもって師を打とうとした。ところがそのとき、師の言葉に感じた幾人かがあって、とっさに口から唾液まじりの豆を吐き出し、師をとり囲んで豆打ち棒から守った。豆と豆の莢とが造られて以来平和だった島は、ここにはじめて豆派と反豆派とに別れ、後世に豆の乱と呼ばれるだろう時代に突入した。反豆派は豆畑に占められていない荒地の中に枯らした豆の茎を結うて堂を造り、豆を植えず豆を食わない清い生活を始めた。木の根を噛み草の露を啜って、師は叫んだ。豆は清く人は清かった。しかるに汝等は豆をむさぼって豆を潰し、汝等じしんを潰した。かるがゆえに汝等は悔い改めて、豆を敬い豆を遠ざかることで、豆を清め汝等じしんを清めねばならぬ！　木の根を噛み草の露を啜って信徒たちは復唱した。豆は清く人は清かった。しかるに我等は豆をむさぼって豆を潰し、我等じしんを潰した。かるがゆえに我等は悔い改めて、豆を敬い豆を遠ざかることで、豆を清め我等じしんを清めねばならぬ！　この大合唱は朝に夕に島じゅうに響きわたり、反豆派は朝に夕に増えつづけ、豆畑は目に見えて荒れて行った。時につけ折にふれて師の垂れたもうた豆についての知恵の言葉はここに記しきれない。豆粒の数で数えて十年ののち、島の豆畑がわずか一畝《ひとうね》を残すのみとなったとき、師は突如のたもうた。我等のことを反豆派と呼ぶのはいまや適当ではない。じつに我等こそまことの豆派なのである。なぜかとならば我等は形而下的な豆を去ることで、形而上的な豆に近づいたのであるから。いざ残れる豆を穫り入れ、荒地を拓いて豆を播き、島じゅうを豆畑とせよ。しかして豆を食らい豆に飽き賢明なる豆の莢となれ！　これらの言葉が惹きおこした擾《さわ》ぎはそれこそ「焙烙《ほうろく》の上の煎り豆のように」甚しいものだった。信徒たちはたちまち師をとり囲み、引裂き、貪り喰《くら》ったのだ。しかし「煎り豆が冷えるように」冷静になったのちは、みずからの惹きおこした事態に愕然と驚き、声をあげて泣き悲しんだ。涙のうちに立ちあがって残れる豆を穫り入れ、荒地を拓いて豆を播いた。いま島じゅうは豆畑だ。豆畑という以上に豆の楽園だ。人人は豆を食らい豆に飽き、中には師のことを、あれはぺてん師で、我等には豆を禁じ、自分だけは豆を食っていた、それが証拠には、口にしたとき師の肉にはまぎれもなく豆の味がした、などとうそぶいている者もある。しかし、我等はここに告げる。豆にかけて、誓ってそのようなことはない。しかも、師は死んだのではない。師は我等の前から姿を隠されたのみで、あらゆる豆の中に現前していられる。我等は豆を信じるごとくにこれを信じる。豆豆疑うことなかれ。

3

「石を拾ってその犬を打つな
豆を食べた汝の母だと知らぬか」
世界には犬の数だけ母親がいる
母親は四つん這いで豆をむさぼる
伜たちは涙を流してこれを見ている

「世界の本質は数である
数は豆の粒で数えられる」
豆は乾かして木の盆に入れられる
裸足の生徒たちは盆の中で数を覚える
豆で数えられる世界の本質はさびしい

「魂の豆は人間　陸の動物　海の動物
空の動物の円環を経めぐる」
そらまめのそらいろの霊魂
うずらまめのうずらいろの霊魂
豆と豆とは空で永遠にすれちがう

「汝の肉体を豆を納める壺とせよ
豆を煎る焙烙とはするな」

汝は壊れやすい素焼きの壺である
中にはからびた豆粒がひっそり一つ
壺の外はつねに飢餓の夕暮れ

鳥籠売りジョンの唄

わが名はジョン　鳥籠売り
両肩に渡せし棒に　両腕に　腰　はた　腿にも
大小無数の籠を吊して　振り売りに売りありく也《なり》
然りと雖《いえど》も　わが籠は入るるための籠には非《あら》ず
放つため　逃《の》がすための　奇体なる鳥籠也
一つの籠の口蓋《くちぶた》を引き上ぐる時　ああら不思議や
総《なべ》ての籠の口蓋の持ち上がり　飛び立つもの数を知らず
竟《つい》には　籠にも　荷棒にも　翼生《お》いて　翔《かけ》り去る也
鳥籠も　天秤棒も失いし鳥籠売りは　益《よう》もなし
然れば　われも翼生わせて　いざ飛び立たん
ご覧の諸卿も　能《あた》う可《べ》くんば続き給え　而うして
青空の　青の奥処《おくが》に　音となり　沈黙となり
至福なる無となり　諸共に融け合わん　いざ

Stylophilie または快楽の練習

九月に入って　アブラゼミを聞いた
ほめく永遠の無へ窓は開き　レースは動かない
死体は白布におおわれて　額に汗をかいている
醜い少年なのか　それとも　美貌の老婆なのか
断じて　顔の潰れた中年男であってはならない
きみは研ぎ澄まされた知性を持つ批評家だから
二重眼鏡にルーペを重ね　すれすれまで鼻近づける
死体よりもさらに馥郁と腐敗する文体をゆめみよ
テクスト　それは甘い老廃物にコーティングされた
筋肉と血管と神経の束から成る　呼吸する織り布
その構造を解体して　純粋な詩あるいは死の糸を！
眼鏡を捨て　ルーペを捨て　血まみれの眼球を捨てよ
快楽せよ　快楽せよ　死あるいは詩にいたるまで
それは　きみの頭蓋という他界の奈落に棲む

見えないヌカバエの　暗褐色のハミング

註の試み

題名および副題＝副題に「快楽の練習」というのは、この十五行を『テクストの快楽』の批評家に献げる意志が詩人にあったことを示している。stylophilie はあきらかに necrophilie の捩《もじ》り。批評家に死体嗜好症にも以た文体嗜好症があることを、詩人は言いたかったのかもしれない。**第一行**＝この作品が作られた歳の秋（詩人の国では伝統的に八月七日ないし八日から秋が始まるとする）の暑さは記録的で、中秋九月になってなお晩夏の昆虫であるアブラゼミの声を聞いた、という。なお詩人の国の隣国には古くからセミを復活の象徴として、これを玉《ぎょく》で象《かたど》り死者の口中に含ませる、いわゆる含《がん》蟬《せん》の風習がある。**第二行**＝詩人の国の国民が古来借用してきた隣国の象形文字によれば、天空を表わす一字は同時に空無を表わしてもいる。**第三行**＝死体は批評家の死を仄めかすとともに、文体という言葉を暗示してもいる。ちなみに詩人の国語に翻訳・出版された『テクストの快楽』の表紙カヴァーは白を基色にしていた。**第四行**＝醜い少年と美貌の老婆の対比には批評家の恋人だった詩人の国のさる男性が匂わせてある。その男性はすくなくとも二十数年前に少年期を過ぎていた。なお、美貌の老婆には詩人が敬愛していたある老女流短詩型詩人の俤も割りこまされているらしい。彼女はこの作品が書かれる数日前、美しい死を遂げた。**第五行**＝車禍という批評家の死因の暗示。**第六行**＝むろん、固有名詞と普通名詞を兼ねた批評家。**第七行**＝詩人は批評家の嗅覚的嗜好を感じとっている。**第八行**＝ここで死体と文体のアナロジックな関係は瞭らかである。馥郁と腐敗するという表現に注意。**第九行・第十行**＝批評家にとって第一のテクストとは刻刻の死を新たにする人体であった、逆にいえば人体に比定されない文体はテクストの名に価しない、と批評家は考えていた。と詩人は考えている。**第十一行**＝批評家にとって読むという行為はテクストを死に到らしめる解体作業を意味した。なお詩人の国語で同音の詩と死の対応は文体と死体の対応とパラレルであること、いうまでもない。**第十二行**＝批評家の過激な文体は見ることへの彼の過激な衝動の現われ、と詩人は考えている。**第十三行**＝むろん、そのような過激な精神にとっての詩は死の彼方にしかあるまい。**第十四行**＝批評家の他界は彼の頭蓋、したがってまた文体の中にあった、ある、ありつづけるだろう。**第十五行**＝批評家の残した二百数十点の不思議なタブロオの画面に見られる点描は腐敗への讃歌ともいうべきあの小昆虫群を思わせる。それはまた、批評家の微細に分化し羽化した生命の形容とも取れよう。なお、前記『テクストの快楽』の白表紙には暗褐色をもって文字、線、タイトル・バックの長方形が刷られている。

この世あるいは箱の人　ジョセフ・コーネルを讃えて

Pilgrim on earth, thy home is heaven,
Stranger, thou art the guest of God.
Mary Baker Eddy

すすけたマルメロの木蔭
ほこりっぽいバラの繁み
――そのむこうには
蔓草の絡んだ　仕切りの金網
ツユクサだろうか　イヌタデだろうか
それら　植物の群落に打ち上げられて
雨風の洗いあげた木の安楽椅子に　身を凭せ
死者のように　鳩首《みぞおち》に両手を組んだ
この　遠い世界からの漂流物のような人物は
いったい誰ですか

この人は老いさらばえた少年　衰弱した天使
夢の箱舟が　この人を攫《さら》って来た
いつだったか　昨日？　それとも百年前？

＊

この人の本当の世界は　ここではない
この人の本当の世界は
夢の裂け目を通り抜けた　遠い所にあって
聡明で堅実な両親に守られている
この人は糊の効いたカラーを着た　利発な少年
二人の美しい妹と魂の潔い弟がいる
正装の背中に翼を匿した天使の家族は
黄金《こがね》いろの幸福に包まれて
その　はるかな記憶の世界は
涙の銀河系に泛んだ　箱のようだ

＊

その　時間のない幸福な世界の戸口に
ある朝突然　箱舟が乗りあげた

いつだったか　一秒？　それとも億光年前？
夢はいつだって悪夢　悪意ある介入者
死という理由で　父親を後ろ向きに
残りの家族を　たちまち拉し去って
降《お》ろされたのはここ　病んだ大都会の裏庭
ここでは　天使属も人間の運命を免れない
母親は心労のあまり病み　妹たちは窶《やつ》れ
弟の無垢な魂にも皺がふえる。

*

この　天秤量りの上りっぱなしの贋の世界で
この人は寡黙でけなげな家長だから
誰よりもよく働き　誰よりも早く老いる
だが　それは本当のこの人ではない
本当のこの人は　老いた仮装に匿れ
椅子に身を投げ出した　死者の姿勢で
本当の世界の　青い海を呼吸する
海の上の　飛行機雲を見る
昼の星たちの対話に耳を澄ます

*

この人はふと椅子から立ち上がり
落葉の中を　ゆっくりと降《お》りていく
それは地下の　箱にも似た彼だけの世界
そこには　棚や抽斗《ひきだし》にきれいに整頓されて
菓子箱や　ピル・ボックスや　蠟燭の箱
古い図版の切抜き　楽譜　迷い子の積木
貝殻　真鍮の輪っか　青空いろのラムネ玉
欠けたタンブラー　シャボン玉セット――
それらもまた　夢の裂け目を通って
流れ着いた　本当の世界の断片たち
この人は　じっくりと時間をかけて
どのくらい　一週間？　それとも三十年？
それらを選び　それらを取り合わせ
しかるべき箱の　しかるべき場所に
よく動く指先にはいつも　あの本当の世界の
黄金いろの幸福の　僅かな照り返しが
鈍い午後の日差となって　届いて

*

この人はもう庭の椅子にはいないのか
そしてまた　地下の仕事机にも？
いないというなら　はじめから
この人は　ここにはいなかった
ぼくらが見たと思っていたのは
本当のこの人の影にすぎなくて
影の睫毛が本当の世界へ視線の弓をひきしぼり
影の手が本当の世界からの漂流物たちを愛撫して
この人の現在の不在を嘆くのは当たらない
小鳥のようにいつもどおり庭に来て水を浴び
光のように　地下室の明り取りで遊べばよい

*

では　これらの箱たちは？
これらの箱たちに囚われた王女たち
バレリーナたち　ウサギの王子たち
オウムたち　ミツバチたち　チョウたち

それら　はかない者たちの仮象を借りて
この人は　そこに宿っているのか
これらの箱たちも　庭や地下室と同じに
この人の影の　ひとときの安ホテル
止まり木をふるわせ　砂をこぼし
板硝子にすばやい亀裂を走らせて
影は去ってしまった
去ってしまった　その行き先の
本当の世界を覗き　吸いこまれる
ための井戸枠　ぼくらの前にある
これら　なつかしい箱たちは

風の二音節を　D.K.に　W.B.に

I

海に向かって吹き立つ矮小な木は　風のひとつの顔
切り岸に打ち寄せる波は　風のひとつの表情

ざわめく木はささやく　Walter Walter
砕ける波はつぶやく　Walter Walter
Walter　とは何？
木や波に託して　風が捜している者の名
私も風の目となり　風の耳となって
吹きさわぐ木の眉根のそばに立ち
砕け散る波の目鼻立ちへと降りていこう
網膜や鼓膜の闇ふかく
Walter　の二音節を反響させよう

2

風が語る土地の名は　Port Bou
美しい港を韻《ひび》かせる二音節
二つの異なる歴史を持つ国を区切る険しい山脈が
そのまま海に落ちる国境のさびれた村落
義勇兵の土埃と難民の人波との海鳴りのような通過点
私たちの歴史も　そこで自然へとなだれ込む
Port Bou は美しいか
私たちの人生は美しいか

美しいと名付けることで
私たちの無意味な人生は二重になる
歴史と自然の出会う鋭い切り岸となる
Port Bou
そうも聞こえる現在の風の二音節を
私たちの目と耳とで増幅させ
死者たちに返し　未来者に贈ろう

3

人は旅の途中
思いもかけない切り岸に立つことがある
そこには頭を吹きちぎられた矮小な木が立ち
崖の下に波が白い歯を剝いていたりする
黒いまでに青い海峡のすぐ向こう
緑ひとつ見えない岩の島が　彼に言う
ここからは進めない　と
それは絶望か　そうではなくて
真昼の空のような明晰な認識
彼がそこから進まなかったのだから

私も進むまい
波打ちぎわへの道の途中で立ちつくし
風の呼び声を自分の名として聞こう
自分の名の二音節として海の面《おもて》に見よう
Wal　ter

付記

一九九三年夏のヴェネツィア・ビエンナーレの日本側主催パーティーで杯を傾けていると、向こうからにこにこと近づいて来る人がいる。私の前に来て、あなたが何者かは知らないが、何者かに違いない、あなたと友達になりたい、という。それが彫刻家ダニ・カラヴァンとの初対面だった。彼の事務所がパリにあり、私もチューリッヒ経由パリに滞在ということで、彼を訪ね進行中の作品プランなど見せてもらった。翌九四年秋、彼の日本巡回展が神奈川県立近代美術館で始まり、再会を悦んだ。建築的・宇宙的な諸作品の中、ヴァルター・ベンヤミン終焉の地ポルト・ボウに建てられた記念碑の再構成に激しい衝撃を受けた。この衝撃から立ち直るには、衝撃を作品化するしかない。ベンヤミン読みが始まった。そして一年、札幌のホテルの朝、作品は突然襲って来た。十数日後、たまたま来日中のダニを岡山・総社市に訪ね、リービ英雄を煩した英訳を添えて手渡した。献辞中のD.K.はダニ・カラヴァン、W.B.はヴァルター・ベンヤミンである。

テロリストE・Pに

動乱の新千年紀第一年　年の暮の燃える火の前
あなたの流謫の晩年を写した写真集をめくる
杖をつき背筋を伸ばして　冬の水の迷路を見つめるあなた
夏の輝く大樹の下　昼寝の恋人たちを背景に立つ蓬髪のあなた
八十一歳の誕生日の祝杯たちに囲まれた　無表情のあなた
写真の一枚には　無造作に書類を重ねた棚があって
壮年の鬚濃いあなたの肖像画の複製が　やはり無造作に
当時の力満ち満ちたあなたは　言葉のテロリスト
あなたの国の敵国のラジオから　くりかえし
証券取引所と堕したあなたの国を糾弾しつづけた
あなたは国によって囚えられ　幽閉され　追放されて
額には地球の表面と同じほど深い皺の束
凍る潟を渡る風のようなしわがれた声で
あなたは　吐き捨てるように言う

自分の人生は　大いなる無駄
詩歌も　運動も　すべてすべて無駄
しかし　無駄といえば　天地創造じたい
とりわけ人類誕生とその後の歴史こそ最大の無駄
無駄という以上に　取り返しのつかない誤植
あなたが大きな不在感を残して去って　三十年
何千倍にも　何万倍にも膨脹しつづける
あなたの国の　ふん反りかえった証券取引所
二つのバベルの塔が二つの鉄の鳥を吸い寄せて　自爆
自爆したのは　おそらく地球それじたい
私たちがその事実に気づくには　時間がかかる
気がついた時　私たちはいないだろう
私たちはいなくなり　地球はなくなり
もちろん　あなたの写真集も　写真集の中の
水のほとりをさまようあなたもいなくなり
しかし　あなたの警告の言葉は鳴りつづけるだろう
誰ひとり聞くことのない記憶の谺として
星たちの死に絶えた銀河という潟の上を

伝記　una Biografía

「鏡と父とは　この世界を増殖し
拡散するゆえに　忌わしい」
この存在の法則の各項は　次のように
置き換えることができるだろう
「壁と母とは　この世界を増殖せず
拡散せぬことによって　尊ばれる」

＊

父は私という自分の分身を増殖し拡散したことを深く悔い、後半生を薄明のうちに過ごした。盲目となることで、鏡と対面することから免れたのだ。父は目の治療のためと称して家族ぐるみ海を渡り、名医を訪ねる旅を続けたが、自分の治癒に希望を持っていたというより、息子に父親のさすらいの相を見せることで、世界の増殖と拡散の不可を教えていたのではないか、といまにして思う。私の三十九歳の時、肉体としての父は脳卒中という理由で消滅した。母はその後なお三十七年を生き、九十九歳で肉体の消滅を終えるまで、私の透明な乳母・秘書役を全うした。私は血気旺んな年齢からこのかた、子を作ることを避け子を作る原因に近づくことを避けつづけた。さもなくば、母を抱き弟であり息子である怪物を産み出すという過失を冒したかもしれない。私は父の悔いを嗣ごうとしたのだ。しかし、鏡に関してなら自信がない。肉欲の迷路に迷うかわりに文字の迷路に迷いこみ、古今東西の迷妄を、つまり世界を読み耽り、その注釈、より正しくは歪曲を増殖し拡散したからだ。幼時あれほど鏡を怖れ鏡を避けた私が、じしん鏡になろうとは。その結果、私は父と同じく視力を喪うことになるが、それは後悔からというより罰としてという方が正確だろう。母の死後、私の杖となって私のさすらいの導きとなったのは、運命が齎《もたら》した娘だった。自分の肉体が消滅する二箇月前、私は運命の娘を妻とする法的手つづきを取った。肉体の消滅に至る長い薄明の旅の期間も、私は世界を増殖し拡散する悪癖を制《おさ》えることができなかった。私の肉体の消滅ののちに生まれてくる私の血と精液によらない未来の健やかな息子たちよ、私の生涯に亘る過失の記録を読むなかれ。きみじしんを父とも鏡ともなすなかれ。

＊

「鏡と父とは　この世界を増殖し
拡散するゆえに　忌わしい」
この真理の箴言の各項は　次のように
言い換えることも可能だろう
「影と息子とは　己の増殖と拡散の
断念によってのみ　浄福である」

〈悼 lamentationes〉

キー・ワードに沿って　ダニール鷲巣繁男へのパニヒダ

1

「ぼくの中に母がいる
ぼくの中で　若い母は
昔の若い父を　歓喜の絶頂で
抱きしめている」と
呟くあなたは　白髪の股覗き少年
彼方には倒立した世界終末の焦臭い copy
火を噴く天の脊梁《うつばり》を白い肩に支えて
夫であり息子である精霊を護る
永遠の母神は　永遠に美しい
血を溢らす乳首に吸いつく幼い男の子
いつか鬢づらの幼な子の中の　若い母
若い母の中の　まだ若く逞しい父

神話的な両性具有のあなたは
女神の屍《しかばね》の天蓋を大股に歩き出す
軍靴を穿き　銃剣を取って　行進し
無数の若い父　若い母を　無数に殺す
頭に灰を戴き　肋《あばら》が折れるほど胸を打ち
前かがみの股ぐらから夥しい血を垂らして
霧寒い山頂に　瀕死の種薯《たねいも》を植えつける
「その抱擁の暗い歓喜において　他界から
無関係な無垢の魂を掠ってくるゆえに
生殖の罪は根が深い」と
父よりも母よりも年老いたあなたは
悲しげに呟き　急に黙る

2

「死者たちは等しく死を囲み
死の扉を閉ざし　いかなる力も
開くことはかなわぬかのようだ」と
あるとき　あなたは語った
いつも　いつも　あなたは死について

死者について　死者の鎮魂について語った
死者の反射としてのみ　ときに生者について語った
死者について語ったあげく　死者となり
死について語ったはてに　死に属した
あなたの死によって　あなたの死者への変身によって
死者たちの死の囲みは　つかのま和み
死の扉は　私たちに細く開かれたかのようだ
「それを死ぬとは言わない
寝《しん》に就くと言う」とも
あなたは語っている

3

「わたしは父を食い　母を食い
人人を食い　神を食い　やがて
わたし自身をまた他者に
引き渡すであろう」と
これは　あなたの遺した言葉
あなたのいう他者　引渡され手として
私の貪婪な両手は　食卓の上にある
私の指は糖飯というあなたに粘り
私の舌は水というあなたに濡れる
あなたの歯が他者の咀嚼をやめるとともに
あなたの血と肉のさすらいが始まった
あなたは火竈で焼かれ　舂《うすづ》かれ
播かれて塵となり　土となり
麦となり　葡萄となり　葡萄の核《さね》となり
鳥や魚の腸《はらわた》の迷路のはてに
めくるめく光の洪水をゆめみて
沈黙の長い旅をつづける
私は安んじて　あなたに飽こう
「最も物質的な装いをもちつつ
食物という愛が存在する」と
これも　あなたの晴れやかな言葉

アーオー

かつて或るとき、私は鷲巣繁男に言ったことがある。「鷲巣さんの作品からアーとオーとが無くなったら、ずいぶんすっきりするんだがなあ」鷲巣繁男は答えたものだ。「アー、そうだね。オー、ほんとにそうだね」彼が冥府に下って二年、すでに鷲巣繁男という仮の個性を剝奪されて死者一般となった彼を、ふんだんなアーとオーとでもって呼んでみたくなった。アー、オー、ほんとに呼んでみたくなった。

アー　この土地は病んでいる
オー　そこの土質は豊かですか
アー　ここで盛んなのは　石と雑草
オー　頸骨のずれた頭がたくさん実りますか
アー　詩も　薯《いも》も　痩せてからびている
オー　言葉は死者の実のように弾けていますか
(アー　オー　死者の実　砕けた頭蓋　睾丸とも呼ぶ)
アー　地下の川は縦揺れの地表を逃げている
オー　忘却の濃い川靄が地面を覆っていますか
アー　掘っても　掘っても　黄ばんだ白髪
オー　地の陰毛はつやつや濡れていますか
アー　尋ねても　尋ねても　白茶けた絶望
オー　絶望すらくりかえしみずみずしいですか
(アー　オー　かしこでは絶望もくりかえし再生する)
アー　鍬の柄は乾いて　二つに折れるほかない
オー　刃身《はのみ》は夜気にたっぷり浸されていますか
アー　なま爪は変形して　無数にひわれるほかない
オー　爪と鬚は昼も夜も伸びつづけますか
アー　目と乳房とは皺み　いらいらと尖る
オー　樹木のそよぎは黒く細《こま》やかですか
(アー　オー　冥府の樹は目と乳房とを備えている)
アー　飢えた赤子は血しか出ない乳首にじれて泣く
オー　老いた臭い口さえ乳に飽きていますか
アー　男の興奮の下で　女は真夏の茨を焼く火
オー　情欲は正しく冷やされていますか
アー　ここでは火もまた　ささくれている
オー　焔はびろうどのようにしなやかですか
(アー　オー　私たちの火は冥府の火の拙《つたな》い写し)
アー　いたずらに焦がすだけ　何ものも浄めない
オー　焼かれたものは灰の安らぎを知りますか

アー　太陽を呑みこんだ犬は地平線を転げまわる
オー　永遠の黄昏《たそがれ》は吠える犬を優しい影にしますか
アー　私は坂を見上げて　眉を顰《しか》めて問いつづける
オー　彼は坂のむこうを　汗を拭き拭き下りつづける
（アー　オー　彼の耳が私の声を聞くことはない
かまえてありえない　アー　オー）

地上　稲垣足穂・津田季穂・そして

1

地上とはついに思い出ではないか
それなら　くりかえし汗して登った坂は
思い出の坂　この世に出っ張った天の岬
坂の上の四畳庵は　星たちのための燈台
西洋将棋を闘わす礼儀正しい人　さながら
言葉に言葉を　律儀に向きあわせていると
脱いだ靴を銜えて走り去った者　あれは
地上の犬ではなくて　尾の長い天の犬
それよりも　対話していたぼくらじしん
どこか別の宇宙の　磯巾着　海月　海胆
それら　管型存在の記憶の化石　その影の影
天の水に逆さに映る庭の木を　両手で押すと
こぼれた　こぼれた　玉虫　斑猫《はんみよう》の虹時雨
あれだって　甲虫《こうちゆう》型の無数の微小天体
「お客さんのお履物　早う返しんかいな」
星の尾を叱る　たらちねの慈愛の声は
円錐型宇宙の　無とすれすれの天辺より
ぼくらのむず痒い扁平足を落として
靴は　円型ないし楕円型の正規軌道から
すでに　かの菫色の抛物線上に飛び移って
光よりはるかに速い　靴型の運動体？

2

すぎてみれば悪い夢で、世は自然界の如くいつから何で
もなかつたですね。この頃、どこにもモロコシが生えて

ゐますが、これに似た奴で箒に使ふモロコシ、ボソボソと粒のある先生ですが、この穂の黒褐とも云へぬ渋い色に、何と上品な色だらうと感服してゐます。それからいま一つはつゆ草のルリ色、まことに蘆花もよく云ひました。「大空の一カケラがここに宿つてゐる」と。けさ明方、一面にかげつた空が琥珀色になり、写真館のステージに似た配合の黄いろとなり、したがつてこれを反映する地上の緑がエノグ《(ママ)》でかいたもののやうに鮮やかなことに、あなたのつまりTsuda Greenを思ひうかべました。日射がクッキリしてくると、十月の午後から夕ぐれへかけて、裏町をぶらぶら歩き、それから居酒屋で一本のんだら、たのしからうな、いやたのしかつたはずだなとつくづく思はれます。私にはさういふ余裕はなかつた。しかし似たやうなことはあつた。そのいづれにも自分はけつして楽しみはしなかつたといふことが、いまから見ると良きことに思はれます。私などとは又違つた意味におけるあなたは、孤高をおぼえるだけ、それだけ私よりも、さういふ一人の楽しみに惹き入れられる危険が、殊にあなたの芸術至上主義の時代において——少くとも五六年前までは——多分にあつたのではないでせうか。しかしそれは外されました。慶賀すべきことです。俗人の特長は物事をたのしむ傾向であると云へますね。通と云ひ粋と称する手合がこれを代表してゐます。

私は目下表記にあつて南米産のヌートリヤといふ毛皮用動物の世話をしてゐます。もつとも解除になつてゐるので、住ひをさがしてゐますがなかなかありません。帰るべき場所は地上にはありません。

Aさんの空想もつひに実現しました。実際何事も軽率なる批評はさくべきです。Aさんはいまは外務省とやらにやとはれて、泊り込みでメリケンとペラペラ通弁の役だからです。

K君の家は四月に焼け、先日、同夫人が逝去、いま父子でMさんの離れにゐますが、どうも根性が徹底的に叩きなほされねばならぬことが痛感されます。妻君のモルフイン中毒がうつり、自身モルフイン注射をやらねばならぬ、それがいささか得意な始末になつてゐます。それでいまは芸術への熱情すらかれにはありません。もつとも芸術だけではこんな場合無力ですがね。

この春頃からY・K君が熱心に私にキリスト教のことをたづね出し、十字架を世話してくれといひ、妙な工合だと思ひながらよろこんでゐました。私が述べたヒルテイの言葉など手帖にかき止めてゐたからです。十字架は中央書院になく、ともかくどこかで手に入れ、ニコライへかよつてゐるとききましたところ、死んでしまひました。爆弾かと思つたら、さうでなく、酔つぱらつて省電から落ちたのです。M子さんは下宿屋をやりたいと云つてゐるさうです。芸術といふものが判り、しかし自分では手を出すことができず、その周りにさわぎ廻つてゐた人が、その晩年にともかく正しい方向が判りかけたのはよいことでした。この傾向は死後も継続すべきでせう。

The Life of Madame Guyon といふ本を見つけました。quietism のギュイヨン夫人です。自家の性格上許さるべき特種な流派はあるべきです。私は静観派といふものに子供の頃からひきつけられてゐます。むろんどこのたれかいつからに判らなかつたギュイヨン夫人はキエチズムの大立者だとはこの数年間に判明したのですが。モノリス、それからカンブレーの司教フェヌロン、外国語ができたら……と思ひます。どこかでこの人たちの文献が見つかりましたら、どうか私のために注意しておいてください。近状報告以上です。

3

地上に帰るべきところはない
では　天上にはあるとでも？
生前の傾斜は死後も継続すべき
だから　放浪は彼処でも
失われた隻眼も
切断された隻脚も
生涯汚した千万の絵筆も
背後に擲った十百の松葉杖も
すべては　抛物線上を撓わせて
轟音と光芒を伴奏して　旅する
もっとも　小さな休息は許されて
無窮遠線上にも　時に小さな草の花
とりわけ　露草や菫の夢
立ち止まり祈るべき教会

訪問すべき病院や療養所
松林の外れに待つ寝巻の少年
松の梢に沸き立つ海の紺
地上がついに思い出ならば
天上だって思い出ならずや

音楽　かつて有本利夫と呼ばれたひとつの気配に

世界は　分子でなく　精神でなく
ただ単純に matière で出来ている
古代朱　または岩緋色の寒い夕暮れ
植木の並ぶ路地の奥から　母性が呼ぶ
その声に　横向きの貴婦人のふくよかな胸
または　脚の短い黒い犬の姿を　与えよ
磨り減った石段　その下の　素描の商店街
そのむこう　想像の古代の海の淡彩の渚から
箪笥を背負って　俯いて　上がってくる人
金具には牡蠣がこびりつき　塩水が滴って
（人生という荷物はなんて重いんだろう）
（なんて重くなんて実体が無いんだろう）
彼が腰掛けた椅子や、寝ころんだ板の間に
いまも　気配だけが残っているとしたら
彼がいたときも　気配だけがいたのだ
かくいう私たちも　気配にすぎないのだ
悲しむな　悲しむな　悲しむかわりに
いっぽんの管から出る音楽を　用意せよ
その管形の音に　もし色を与えるなら
黒群青　または群緑の押さえた一刷毛

鯨の夏　武満徹のための memorandum

去年の夏は鯨を見に行った
したたる鹹《から》い汗を拭き拭き
廃れた港の町町を歩き
忘れられた島島に渡った
かつて三万頭上り下りしたという

鯨の群れは水平線の何処にも見えず
鯨見小屋址の叢や鯨長者屋敷の古塀が
鯨と人の睦まじく幸福だった日日を
わずかに偲ばせた

*

去《い》んじ輝かしい日日の鯨の
なんと雄雄しく美しかったこと
彼らの神話時代の記憶は
剝落した絵馬の海に尾を跳ねている
そのぬれぬれと黒い肌に恋して
小舟が大波を凌いで幾艘も漕ぎ寄り
愛語のような銛が打ち込まれた
一番銛を仕止めた命知らずは刀を口に
抜き手を切って手負いを目指し
辷る背に這いあがってしがみついた
裸の男と裸の鯨の直肌《ひた》を合わせた絵は
どんなあぶな絵よりもなまめかしい

*

その夏
癒しがたく膀胱を病んだ作曲家は
うつらうつらの夢に鯨を見た
鯨への愛　というより憧憬の言葉を
ノートの端に書きつけた
「できれば鯨のような
優雅で頑健な肉体を持ち
西も東もない海を泳ぎたい」
夏を越し　秋を通過して
冬の終わりに作曲家は逝った
憧憬の鯨はいま肉体を得て
私たちの潮深く瞠《みひら》いている

*

愛がなくなった今日
私たちは鯨を捕らない
私たちの知らない海で高高と

潮を噴く　あれは幻の鯨だ
現つの鯨は抽斗の底の古い楽譜の
インクの染みさながら　ひそやかに
私たちの日常の深層に沈み
ふいに　雑木林の奥から
雑沓のむこうから　私たちに現われる
なつかしい正面向きの大写しで——
私たちは作曲家不在の長い春を
無為に遣り過ごし
一度も海に入らないまま
今年の夏も終わろうとしている

顕し世　吉岡実のための medium

うつし世五月
　白い裸足走る
　　仕舞屋《しもたや》では
低い軒端に
　　　血の星型でなく
　　　　剣《つるぎ》型の菖蒲
襁褓《むつき》干し
　　煙立つ舟が行く
　　　　匂う水のほとり
咳をする
　　黒い母神から
　　　　私は生まれた
よく見ると
　　咳は周辺のない
　　　　透明な容器
微小な球や
　　円柱や三角錐が
　　　　詰まっている
固いものや
　　乾いたものへの
　　　　私の偏愛は
誕生神話の
細部《ディテール》への拘り

かもしれない
私にとって
自分をとりまく
世界はいつも
昼寝覚めの
スダレ越しの
捉えがたなさ
光る薄皮で
包《くる》まれていて
しんと新しい
私の過去は
現在形そして
現在は過去形
戸籍台帖には
死んだ兄と
生きている兄
姉は後ろ向き
長い袂を曳き
見知らぬ家へ

本ばかり
朝から読む私に
父はふつふつ
赤く怒り
とどロごもる
「ナマケモノ」
肩に真綿
坐ったきり
母はおろおろ
障子のむこう
父と母とを
昼闇に残し
橋を渡って
遠く沸き立つ
戦争の大陸へ
大きな落日
大きな月の出
草分けて行軍
浅い眠りは

ゲートルのまま
馬と一緒に
父母の死も
月光で読む
手紙で知った
二十年後
初夏五月の儀式
「指環の交換」
世間の人は
口をそろえて
晩婚と言うが
自分では
早いとも晩いとも
わからない
たぶん丁度
いい時期と
信じている
坂の中途に
小鳥のように

巣を営んだ
向きあって
青だたみの上
インコを飼った
水色の柔かい
待針の頭ほどの
装置が記憶
オトーサン
オカーサンと
しゃべるので
私は妻を
妻は私を
カーサントーサン
兄妹《あにいもうと》の神話を
生きる私たちに
子供はない
私が書き
妻が読む詩が
子かもしれない

ひょっとして
詩の方が親で
私が子かも？
それならば
障子のむこう
気配としての父
咳と一緒に
喃語の繭吐く
母は何者？
私の詩の
多面体の秘密を
人人はしきりに
知りたがるが
私自身にも
説明できない
この初夏五月
享年七十一歳で
私は他界
世間の人は
口をそろえて
早逝と言うが
自分では
早いとも晩いとも
わからない
たぶん丁度
いい時期と
信じている
うつし世五月
橋をいくつ
渡りつづけても
何処の片蔭にも
ケン玉持つ
私はいない
会いたい人は
私の詩集を
風と共に捲《めく》れ
かつて私に
詩が宿った

その反対に
笑っている
私が宿って
いまは詩に
ジンバラハラヷリタヤ

タネラムネラ　『種村季弘の箱』のために

タネムラさん　この頃どうですか
と　酒のあいまに問うと
え？　タネムラ？　あれは本当は
タネラムネラっていうんだぜ
と　シブサワさんはいたずらっぽく
傍らのマツヤマさんと笑ったけど
わからない　やっぱりわからない
だから　本当のところは
タネムラさんって誰ですか
と　問うべきだったのだろう

だけど　わからないことが
頭痛ではなくて　なつかしい
タネラムネラ　その迷い路は
東海道からマグナ・グラエキアへ
ウィンドボナの迷宮へとつづいて
その奥の奥は　頭蓋の毛細血管
血の夕焼に芯まで染まって
うれしく迷いつづける私たち
タネラムネラ　タネラムネラ
菫いろの誰そ彼の路地裏を
歩いている旅人たちの中には
ちゃっかり贋のメルクリウスに
変装したシブサワさんも
紛れているかも

路地で　中上健次の記憶に

二丁目という路地のそこここのバーで

私はしばしば　晩年の彼とニア・ミスした
「いまドアを押して出て行ったところ」
「その椅子にさっきまで腰掛けていた」
彼がそこから出て来た故郷の路地が破壊され
世界じゅうの路地という路地が破壊され
彼が彷徨の果てに見いだした路地
二丁目というその最後の路地のみは
未来永劫　破壊されることはないだろう
なぜなら　偏見こそは窮極で不死だから
破壊されたのは　かえって彼の生命の方
だが　生命とはそもそも何だろう
出会うことで確認されるのが生命なら
私が彼の生命に出会ったことはない
私が出会っていたのは　噂という気配
気配なら　いまなお生きていて
というより　さらにさらに確かになって
私は彼の気配とニア・ミスを繰り返している
「後姿の曲った路地の先は夜なかの昼」
「明るい闇　ミドリザルの森の緑の迷宮」

起きあがる人　佐藤鬼房のイタコ

あれは何ですか　縁の下の
凍てつく闇の奥に　わだかまる
あの　ごわごわと膨らんだものは？
あれは瀕死の床で　息が止まったら
いま被《き》ている毛布で　ぐるぐる巻き
細い麻紐で縦横《たてよこ》縛って　投げ込んでくれ
春まで眠らせてくれ　と言った人の死体
いいえ　眠りつづけている生体です
生きている夢です　あれは

*

もちろん　家族たちは従わなかった
しきたりどおり　木の柩に入れて釘を打ち
焼場に運んで　火竈に押し込んだ
火照る骨を長箸で砕いて　挟みあった
壺に入れ　首に掛けて持ち帰った
その壺はいま　共同墓地の土の下にあるはず

だが　毛布にくるまりたいという　本人の思い
放り込んでやりたかったという　家族の思いは
実体より確かな虚体を得て　そこにある
縁先から跳びおりて　日の当たる庭
しゃがんで覗き込めば　それが見える

＊

あの人は　病床で手紙を書いた
まいにち　まいにち
手紙の中で　あの人は少年に還り
まぼろしの少女を抱いた
くりかえし　くりかえし
その少女は　まぼろしの少女だから
少女を抱くのは　まぼろしの少年だから
あの人を咎めてはいけない
あの手紙たちを追求してはいけない
手紙たちは　まぼろしの手紙たちなのだから
手紙たちは　まぼろしの白い鳥となって
霜の降る暁の天指して　翔びたったのだから

＊

まぼろしの少女は　まぼろしの妹
そして　遠い日のまぼろしの姉
遠い日の姉は　少年をいつくしみ
微笑のまま　水に入って行った
まぼろしの微笑は　波紋となってひろがり
白い鳥となって　くりかえし翔びたった
少年は　自分も水に入り　鳥となって
白い鳥となった姉を追いたかった
それは遠い日の　だから　死の日までつづく夢

＊

あれは何ですか　暗い湖の沖
びっしり結んだ氷の上で　揺れている
あの夜目にも白い　奇妙な物体は？
あれは　病みこやした布団の上で
白い鳥になりたかった病人の　羽毛に覆われた
白い長い首から　出してみたかった声

湖の中心から四方にぴしぴし走る氷の
頂に立ってふるえている　まぼろしの声

＊

現実のあの人は娶り　家庭を持ち
二人のむすめと　一人のむすこを持った
あの人は朝　暗いうちに勤めに出て
帰ったら　小屋にこもるだけ
子育ては妻ひとりに押しつけられたにしても
あの人の我儘を詰《なじ》ることはしまい
あの人の本当の家は　どこか遠いところ
かりそめにここに来て　かりそめの夫
かりそめの父となったにすぎないのだから
あの人が老いたのは　老いて行く妻へのいたわり
年を重ねる子たちへの思いやりなのだから

＊

現実のあの人は　壮年の日
製氷会社で　氷をつくった
釣り上げられた海の花嫁たちを
新鮮なまま眠らせる　透明な寝床を
寝床は砕かれ　木箱に詰められ
花嫁たちは　その上に横たわった
横たわったまま　ベルトコンベアに乗り
見知らぬ花婿のもとに　運ばれた
生ける花婿と死せる花嫁との婚姻
婚礼は庖丁と火とで完成した
不要になった氷は　流し口に捨てられた
捨てられるための氷を　あの人は
つくりつづけた　くりかえし

＊

あの人がまいばん　小屋にこもって
吐きつづけた言葉も　透明な氷ではなかったか
氷のくさり　氷のはなづな　氷のはなかんむり
知らない誰かに届いて　てのひらに乗って
鮮烈なつめたさの記憶だけを残して
あとかたもなく消え去るまぼろし

小屋は　まぼろしの製氷工場
あの人は言葉の製氷工ではなかったか

＊

あの人の生きた生涯は　長かったか短かったか
あの人の眠る死後は　短いか長いか
その時はいつですか　あの人が眠りから
覚めるという春が　この庭を訪れるのは？
春はいま　いったいどこにいるのか
春がいるのは　どこでもない
あの人が　毳《けば》の切れた毛布でぐるぐる巻き
麻紐で縦横縛られて　眠りつづける縁の下
麻紐がほどろにほどけ　毛布がばらばらにばらけて
目をこすり　ゆっくり起きあがるあの人こそが　春
縁の下の闇から外へ　あふれこぼれる青草が
この枯れた庭　枯れた世界にひろがる時
甦ったあの人は　天地いっぱいになって
春

対話の庭　多田智満子に

——だけど　向うに行くことは愉しみでもあるのよ
だって　どんななのか　まったく未知の世界なのだもの
——
あなたの言葉は　ぼくの悲しみをいっとき和ませた
——だけど　向うに行ってわかったことを
こちらに伝えることはできないでしょ——
——そうなのよ　でも伝える方法が何か見つかったら
いちばんに　あなたの背中を押すわよ——
それは　過ぎた夏の　光と翳に彩られた対話篇
あなたの頭を預けた寝椅子の背後　窓硝子に
触れそうな　揺れやまない葉の重なりを　ぼくは見ていた
葉が揺れやまないのは　見えない何者かが押すのか　と

＊

ぼくは知っていた　窓の向うの庭は　一段低い庭につづき

一段低い庭には　さらに一段低い庭があり
その向うにはもう行けず　下に谷川が流れていること
つい何ヵ月か前　あなたの老い衰えた愛犬が
最後の　どんな力をふりしぼったのか　夜のうちに
柵を超えて　落ちて　水に浮かんでいたこと
こちらから見えているのに　到れない川
しかも　流れのみなもとの山の名は　マヤ
あの　母にして闇と呼ばれる怖ろしい女神
ならば　その川は冥府の川であってもいい
あなたの庭は　川を隔てて向う側に隣接していた
すくなくとも　あの時のぼくにとっては

*

あなたのいのちの日日　それはなぜかほとんど夏
ぼくは　あなたのいる庭を何度訪ねたことだろう
あなたのいる庭を訪ねる時　それがいつであれ
あなたのいない庭を想像することはなかった
向う側について対話を交わしたその時でさえも
そこには　いつもあなたがいて　微笑《わら》っていたから
あなたの微笑が木木を　下草をかがやかせていたから
いま　あなたのいない庭で　ぼくは
あなたのいた庭を　くっきりと想起する

*

ユーカリを見上げるあなたのいる
アカントスにしゃがみこむあなたのいる
自ら掘らせた井戸を指すあなたのいる庭
ぼくが想起するあなたの庭は
花が咲ききそい　みどりにあふれ　いつも夏
いま　色づいた木木は葉を震い落とし
球根たちも土深く憩うている
ぼくの背中を押すと言った　あなたの愉しげな声は
いまもぼくの耳の奥にはっきり残っているが
あなたの指のいたずらっぽい圧力を　ぼくはまだ感じない
あなたは押したのに　ぼくが鈍くて感じないのか
水を渉り　向う側に行ったあなたは　約束といっしょに
こちら側のすべてを　忘れてしまったのだろう

それはたぶん　すべての死者を待っている大きな褒美
かわりにぼくらが　夏の庭にいたあなたを
あなたのいた夏の庭を　思いおこさなければならないの
だ
あなたの忘れてしまったあなたの庭の
いまは　冬

七つの墓碑銘

よきひとを死ぬるとはいはぬものぞ——カルリマコス

S・K・

とつ国びとの歌に　声を貸すのに
彼ほど卓れた才能は　世に無かった
いいや　声だけでなく　心を貸した
むしろ与えた　と言いなおそうか
アナクレオンになってクレオブゥロスを
テオグニスになってキュルノスを愛した
だから　かの死のときにも　おそらく誰かに
たぶん　ピンダロスあたりになりもしたろう
彼を抱いた死神だって　同情のあまり
テオクセノスぐらいのふりはしたろうよ
白髪《しらかみ》の八十翁の一期《いちご》を看《み》とった
眼《まなこ》すずしい少年のさもらいびとの

T・I・

行く人よ
都大路を練る公子《わかき》らに
行き伝えてよ

少年の肛門の奥の虚空に
光りて失せし箒星《ほうきぼし》　その記憶
ここに眠る　と

M・Y・

こはこれ　男子《なんし》にはあらぬ身をもて
むくつけき衆道《しゅどう》の業《わざ》を歌いたる才媛が墳《つか》

うつし世にては生涯　異性を慕うことなく
みずからと同じき性をいとしみしとぞ
されば　女人《にょにん》の躇いがちのくちづけに
雄雄しかる勲功《いさおし》を見し　そのごとく
おのこごの闘技《あらそい》に似し　肉のもつれに
優しかる雅びごころを見もやしつらむ

S・W・

もしや　この墓石の前をばお通りかかりの衆
よし　石のおもてに刻まれた絵が奇体だとても
どうか　ただ笑って通りすぎてはくださいますな
このごちゃごちゃとこんぐらかったは　電話の線
生前のやつがれは　夜となく　はた　昼となく
誰彼かまわず掛け狂っては　顰蹙《ひんしゅく》を買ったもの
じゃが　誰方《どなた》あって　気づいてはくださらなんだ
やつがれがこれらの線の迷路の彼方に捜しておったが
たったひとりの見目うるわしい少年だったとは
その子の名をば　内証で耳打ちして進ぜましょうか
かのヘㇽラスなる国の言葉でポイエーシスと申すのが
わが密《みそ》かなる思い子の真《まこと》の名乗《なの》りでございましてな

Y・M・

ここに　恋に生き
恋に死んだ者　眠る
彼は少年を恋したか
それとも　この国を恋したか
この国という少年　または
少年というこの国を恋した
そんな存在など何処にも無いので
みずからその存在を演じて　割腹した
いかさま　彼の四十五という年齢《とし》は
少年役をこなすには　長《た》けすぎていたが
とまれ　幻への恋を血で贖《あがな》いし首
永遠に魘《うな》されて　ここに眠る

M・M・

行きずりに　ほんの幾度か　淡あわと
言葉を交わしたそのことが　友の名に価するなら

二十五の花の若さでいのちを捨てたきみのため
年長の友の　このぼくに　墳《つか》を築かせてくれたまえ
とはいえ　パロスの曙の薔薇《そうび》なす大理石《なめいし》でなく
この国の　常磐堅磐《ときわかきわ》に鑢《やすり》をかけぬ言葉を積んだ墳墓《おくつき》だが
詩《うた》の毒に瀆されること　ついぞ無かったきみだから
はんたいに　言葉の墳にふさわしいのだ

‥・‥・

幾千年前か　あるいはまた　ほんの昨日か
黝《かぐろ》い死の運命がどっと襲って　奪い去った
数えきれない　匂いやかな　夭《わか》さのひとつ
（たとい百歳でも　永劫の前には若すぎる）
かの人の記憶をいまにとどめるものは
もはや　この言葉の墳墓《おくつき》のほか何も無い
だから　この墳墓の言葉も　故人について
こと細《こま》かに述べるのは　止《よ》しにしとこう
かの人は生きた　あまりに短く
かの人は死んだ　あまりに早く
忘れられた　きれいさっぱり
これらの言葉も消えるだろう
この墳墓も無くなるだろう

詩人自身の碑銘

「知らぬ火」という枕詞を持つ
由緒正しい国つちが　私を産んだ
その事実の持つ深い意味《こころ》に気づいたのは
やんぬるかな　やっと末期《まつご》の雫に渇くその時
私をして　指折りきれぬ性愛とただ一つの詩への
靴紐を解き　靴紐を結ぶ間もない　遍歴に
駆り立てた張本人は　そも　誰あろう
この暗い　不可知の炎であったのだ
同じ猛火《みょうか》は　いまもなお　衰え見せず
墳《つか》の下の骨をさえ憩わせぬ　片時も

〈倣 imitationes〉

称井神私祝詞《ゐのかみをたたへまつるわたくしののりと》

高天原《たかまのはら》に神留《かむづま》り坐《ま》す　天津神漏岐《あまつかむろき》　天津神漏美《あまつかむろみ》の命以《みことも》ちて　鄙離《ひなさか》るあづまの方《かた》さねさし相模《さがみ》のひがし　三浦津比《みうらつひ》古《こ》　三浦津比咩命《みうらつひめのみこと》知《し》ろしめす　三浦の郡逗子《こほりつし》の浦《うら》び　桜山の山ふもとなる　我家《わぎへ》の石井戸《いはゐど》の神に　称辞竟《たたへごとを》へまつる　生井《いくゐ》　栄井《さくゐ》　津長井《つながゐ》　罔象女《みつはのめ》　瀬織津比咩《せおりつひめ》　速開津《はやあきつ》比咩《ひめ》　大綿津見《おほわたつみ》　表津少童《うはつわたつみ》　中津少童《なかつわたつみ》　底津少童《そこつわたつみ》　気吹《いぶき》戸主《どぬし》　速佐須良比咩《はやさすらひめ》　高龗《たかおかみ》　闇龗《くらおかみ》　雲気神《くもけのかみ》と御名《みな》は申して　陸《くが》　海《わた》　黄泉《よみ》　御空《みそら》巡る　水とふ水を領《うしは》き玉ふ大御《おおみ》霊《たま》の広前《ひろまへ》に　新玉の年の初《はじめ》の　朝日の豊栄昇《とよさかのぼ》りを　吉日《よきひ》の吉時《よきとき》と定めて　斎《いは》ひまつる幣《みてぐら》は　私《わたくし》の幣にして　貧しけく乏しけども　海のもの　山のもの　果物《きくだもの》　菓子《からくだもの》　神《み》酒《き》うち添へて　称辞竟《たたへごとを》へまつる　かく称《たた》へまつりては　奴《やつこ》我が身ぬち奔《はし》る赤き水　白き水の共《むた》　奔り騒《さや》げる詩《うた》心《こころ》　詩鬼《うたつもの》を　常磐《ときは》に堅磐《かきは》に目守《まも》らひ玉ひ　幸《さきは》ひ玉へと畏《かしこ》み畏みも白《まを》す　併《あは》せて国郡《くにこほり》の川とふ川　江とふ江の高き神　低《ひき》き神も　ことごとく濤《なみ》揚げて　永久《とこしなへ》に見備《みそなは》し玉へと白す

三島由紀夫大人命《うしのみこと》の御前《みまへ》に白《まを》す祭詞《まつりこと》

黄泉《よみ》なるや隠世《かくりよ》に坐《ま》す　三島由紀夫大人命《うしのみこと》の大御前《おほみまへ》に骨鏤《ほねきだ》む詩文《うたふみ》の末 弟《すゑのおとと》 高橋睦郎　畏《かしこ》み畏みも白《まを》さく　去《い》んじ昭 和 代 癸 戌 年 十 一 月 二 十 五 日《あきらけくなぐのみよみづのといぬのとしとをまりひとつのつきはたちまりいつか》　汝 命 東《みましみことひがしの》都市谷駐屯地自衛隊隊員等《みやこいちがやのたむろなるみくにもるおほいくさくみつこら》の前に　唐突《たけそか》に悲　憤《かなしびいきどほり》を発《おこ》し玉ひ　み自《みづか》らにみ腹裁《はらさば》き　み従《とも》にみ首断《かうべた》ち落《おと》させ玉ひて　早三十《はやみそ》の年《とし》　三百六十《みももまりむそ》の月《つき》を数へたりき　み心《むね》中止難《ぬちやみがた》かりつらむみ悲《かなし》びみ憤《いきどほ》りの経緯理由《ゆくたてことわけ》　猶 審《なほつまひらか》にせずと雖《いへど》も　汝命隠《かく》り玉ひてより此方《このかた》　年年《としどし》に此国《このくに》の心《こころ》情《なさけ》　乾《かわ》きに乾き廃《すた》りに廃りぬ　諸人悉《もろびとふつく》に軽薄《かろくうす》き財《たから》のみを崇め　重厚《おもくあつ》き生《いのち》を尊《たふと》まず　精《くは》しき心には近からむ終《よの》末《をはり》の兆《きざし》に脅えつつ　劣《ひき》き情《なさけ》の欲《ほり》する随《まにま》に万《よろづ》に貪《むさぼ》る事を休《や》めず　山林《やまはやし》は躙《にじ》られ海川《うみかは》は奸《をか》されぬ　天空地底《あまつそらつちつそこ》も例《ためし》

外《のほか》に非ず　老いたる者敬《ゐやま》はるる事無く稚《をさな》き者顧《かへり》みらるる事無し　親は子を殺し　子亦親を害《そこな》ふ澆季《すゑつよ》とはなりにたり　茲《ここ》に冀《こひねがは》くは　汝命いのち生き玉へりし日　み習《なら》ひに殊《こと》に愛撫《うつくしびな》で玉ひたる鏷《あらがね》の若き者等に　明《あか》く直《なほ》く強く潔《いさぎよ》き誠《まこと》を蘇らせ玉ひ　草木《くさき》水石《みづいは》も問《ことと》ひ言《ものい》ふ瑞《みづ》の国土《くにつち》に戻させ玉へ　又願《ねがは》くは　麻束《あさつか》の乱れに乱れ　瓦礫《かはらいし》の荒びに荒びにし国　語《くにつことのは》にも　幸《さきは》ふ言霊言毎《ことだまことごと》に呼び返させ玉へと　三十年《みそとせ》むかし　み自らの血潮の海に据《す》わりしみ首《かうべ》の俤《おもかげ》に　まなこ直向《ひたむか》ひ　鵜《う》じもの頸根《うなね》衝抜《つきぬ》きて白す　同じくは大人命《うしのみこと》のみ情《なさけ》に殉死《したがひみう》せ玉へる　森田《もりた》必勝若子命《まさかつわくごのみこと》も　懼《おそ》れ知らず憚《はばか》り知らぬ若大《わかおほ》み力《ちから》貸させ玉へと　恐《おそれ》み恐みも白す

澁澤龍彦大人命《うしのみこと》の奥津城《おくつき》に訴《うつた》ふる祭詞《まつりごと》

星月夜《ほしづくよ》鎌倉の北つ方　土隠《つちこも》る金宝山《たからのやま》なる新奥津城《にひおくつき》のみ石《いは》戸前《どまへ》に白《まを》さく　汝《みまし》澁澤龍彦大人命　み病《やま》ひの床に臥《こや》しますとは聞けども　み患《わづら》ひの枕に親しみますとは知れども

道《みち》の長道《ながぢ》の遠からず怠《おこた》りまして　下樋《したどひ》の慕ひあつまる若きどち　再びし呼び玉ひ招き玉ひて　盃《さかづき》授け玉はむ枚《ひら》手《で》下し玉はむとこそ　思ひて疑はざりしに　およづれかもたはごとかも　草の露俄かに死《みう》せましぬ　現身《うつそみ》たまさかの縁《えに》しに恵まれ　み許《もと》に通ひみ教へ受けはじめてより概《おほよ》そ二十年《はたとせ》を数ふるといへども　生来《うまれつき》幼く愚かにして学ぶところ遠く悟るところ未《いまだ》し　恨《うらめ》しかも悲しかも　悔しかも惜《あたら》しかも　此後汝命《このちみましみこと》在《いま》さずて我が詩文《うたふみ》　誰のためにかも歌はむ孰《いづれ》のためにかも記《しる》さむ　かく嘆かひかく慨《うれた》めども　なまよみの甲斐《かひ》しなければ　いとせめて奥津城のみ石戸《いはど》の奥処《おくが》の闇に　野兎の雙耳《もろみみ》そばだてて聞かひ玉ひ　鴟鵂《みみづく》の雙目《もろめ》みひらきて目守《まも》らひ玉へと　狗《いぬ》じもの道に伏し鹿《しし》じもの額《ぬか》押垂れて　末永《すゑなが》に時永《ときなが》に願《ね》ぎまつり祈《の》みまつらくと白す

常盤津　いざなぎ いざなみ 桃花別生死狭斜《はなのわかれよもつひらさか》

〽名にし負ふ　妹背の契り吉原や　晋子が句にも闇の夜

に　この廓《さと》ばかり月夜かと　六十余州の闇照らす　揚屋
揚屋の灯りさへ　一つ消え二つ消え　さすがに暗き朝まだき　固く鎖《さ》したる大門の　耳門《くぐり》をいづる影法師《かげぼし》は　さも寝の足りぬ早発ちの　馴染の客とぞを送る　浅葱《あさぎ》の下紐裲襠《うちかけ》の　傾城《けいせい》らしき二人づれ

傾そんならもう　どうでも行かんすのかえ　客居つゞけたいは山〻なれど　浮世の義理にせつかれて　行かねばならぬ許してたべ　傾浮世の義理とは口実の　ほんのところは浮気の虫に　せつかるゝのでありんせう　エ、気の揉めることぢやわいなあ　客気が揉めるとは此方《こつち》の科《せ》白《りふ》　当時全盛のそなたのこと　明日のまだきはそも誰と着つゝなれにしきぬぎぬの　別れを惜しむことぢややら　傾なんぼわしが浮川竹《うきかはたけ》の流れの身とて　別れを惜しむはおまへ一人　今度はいつのいつ来ると　きつと指切りさんせぬと　この袂《たもと》放しやせぬぞえ　客いつのいつと言はるゝなら　浮世の義理はないものぢや　なるべく早う来よう程に　サこの袂放してたも　傾エ、胴慾な　胴慾ぢや胴慾ぢや　胴慾ぢやわいなあ

〽互みに競ふ口説《くぜつ》と口説　いつ尽くるともなかりしに

鶏が鳴く　あづまのそらはいつしかも　しらじら明くる有明の　いまゝで軒を連ねたる　青瓦紅欄《せいぐわこうらん》絢爛たる　大厦高楼いちどきに　屋台崩しかぐわらぐわらぐわら　跡なく消えて岩の原　空を仰げば朧〻《おぼおぼ》と　月も照らさず日も昇らぬ　とはにしのゝめかはたれの　見わたす限りどこまでも　草木生えねば虫鳥の　気配さへなき黄泉《よみ》の国日本堤を吉原《なか》へと下る　音に名高き五十間道《みち》も　この世あの世を隔ての坂　黄泉比良坂《よもつひらさか》その上に　立てる二人は神代なる　いざなぎいざなみ　妹背の神とぞ変はりける

背オ、こゝは生けると死ねるを隔つる境　黄泉比良坂とはこゝのこと　こゝまで来れば一ト安堵　それにつけてもこの坂を　先に下りしその時は　失せにし妻をいま一度　逢ひたし見たしと逸《はや》りしに

〽逸り来たりし黄泉宮《よもつみや》　殿の滕戸《とざしど》ほとほとほと　叩くに出て来し妹神《いもがみ》を　抱かんとすればするりと抜け　妹いとし恋しい背の君さま　共に手を取り携へて　戻りたいのは山〻なれど　われのみにては決められず　奥に入つて黄泉神《よもつかみ》らと　談合《だんかふ》なさんそのあひだ　こゝにて待ちませ待ちどほしくとも　かならずともにこの奥へは　這入り

たまふな　わが姿ばし見給ふな　必ず
〽いひ残してぞ入りにける　後に残りし背の神は　黄泉《よもつ》
宮居《みやゐ》の閾石《しきゐいし》　腰を下ろして待ちゐしが　二《タ》刻あまりも
経《た》ちつらん　いまは矢も楯もたまらず　美豆良《みづら》に挿せる
湯津津間櫛《ゆつゝまぐし》の　男柱《をばしら》一つ取り闕《か》きて一つ火《び》灯して宮居
の奥　這入りてみればこはいかに　石の褥《しとね》に身をのべし
美しかりし妹神の　玉の肌へはいまは早　膨らみむくみ
膿《う》み崩れ　蛆の出で入る怖ろしさ　背の神手燭取り落と
し　走り逃ぐれば妹神は　むつくと起きてわれに辱《はぢ》　見
せたまひつと歯咬みなし　髪振り乱し追ひかくる　背の
神逃ぐれば妹神追ひ　妹神追へば背の神逃げ　黄泉の山
越え谷渡り　辿り着いたる黄泉比良坂　背この上は片時《へんし》
も早う　黄泉を去りて地上に出で　日向《ひうが》の国の阿波岐原《あはきはら》
淡き水にて禊《みそ》ぎをなし　穢《けが》れを祓《はら》ひ浄むべし　妹いやと
よわれに辱見せて　そのまま黄泉を去《い》なせうか　なんぢ
もわれと等しなみ　黄泉の穢れに膿み崩れ　腐りころゝ
く屍《かばね》となつて　共にかきはに添ひとげん　唇《くち》吸はせよ
〽つかみかゝれば背の神が　とつさに領き懐《ふとこ》ろより　と
り出だしたる三つの桃子《もゝのみ》　えいえいえいと投げつくれば

神変《じんべん》不可思議空晴れて　いちめん桃の花盛り　妹神いま
はせん方なく　桃の一樹《いちじゆ》によぢのぼり
妹桃はもとこれ破邪の瑞祥《ずゐしやう》　邪を破るなる桃花《もゝのはな》　かく咲
き盛る上からは　もはやわれには力なし　悔しとも憤ろ
しとも　かくなる上は汝《な》が土の　青人草《あおひとぐさ》を一《ト》日ごと
桃子《もゝのみ》桃花《もゝのはな》ならぬ　百《もゝ》を超えたる千人《ちたり》づつ　絞《くび》り殺さん覚
悟なせ　背なんぢが千人絞るなら　われはそを超え一《ト》
日ごと　千五百《ちいほ》の産屋《うぶや》を立てんず　さらば　妹さらば
両人さらばさらば
〽かつてかたみにいとほしみ　手抱《ただ》きまながり肌重ねし
二人がいまは生き死にの　黄泉比良坂隔てにて　かたみ
に厭ひ憎しみて　闇と光に別れゆく　事戸《ことゞ》度《わた》しのものが
たり　惚《ほ》れたはれたの直中《たゞなか》の　互ひ互ひの顔よりほか
辺《あた》り見えざる妹と背へ　教へぐさとぞのちのちの　末世《まつせ》
濁世《ぢよくせ》に伝へける

地唄　野宮《ののみや》

うき人を　思ひきらんと隠れ棲む　冬の隣を訪ね当てそと差し入るる榊葉《さかきば》の　ゆめ賢《さか》し女《め》にあらねども　心の戸ぼそ閉《た》て切つて　拒みとほさん強張《こはば》りを　なだめすかすや　さまざまに　さすがに着つつなれにける　昨《きのふ》思へば唐《から》ころも　辛《から》くもなれず入る月の　入るを許せば逆《さか》しまに　仇《あだ》し男の恨みごと　泣けばこなたもはしなくもあふるるなみだ秋の夜も　秋の夜も　名のみなりけり逢ふといへば　ことぞともなく明けにける　朝のひかりをきぬぎぬに　立ちゆく後姿《うしろ》見送りて　鳴く音な添へそ松虫の　わしだけもとの露しげき　枯野宮《かれののみや》と残らうか　いやいや暗き夜は後に　黒木の鳥居うちくぐり　白波の寄る渡会《わたらひ》や　伊勢の浜荻《はまをぎ》招《を》ぎまねく　思ひの外　思ひの外へ　あくがれ行かん

童唄　死失帖　オペラ「遠い帆」序曲

一つとや　広い海《うな》ばら果て指して　**二つ**とや　船出したのは誰《たれ》のため　**三つ**みちのく陸奥守《むつのかみ》　**四つ**良い殿正宗《まさむね》公　**五つ**言付け賜《たま》はつて　**六**《ろく》でローマのパーパ様　**七**《しち》で親しくご会見　**八**《はち》は支倉《はせくら》六右衛門　**苦**難の旅のご褒美は　**重**代閉門竹矢来《ぢゆうだいへいもんたけやらい》　矢来の中で床に就き　いのち終はつたそののちは　一門死罪死失帖《しにうせてふ》　消えて跡《あと》なく死失帖　あんめんぜんすさんたまりや

狂言　豆腐連歌

シテ＝木綿豆腐
アド＝絹豆腐
小アド＝揚豆腐

シテ　まかりいでたる者は、この辺りにかくれもない木綿豆腐でござる。それがし面体《めんてい》ご覧のとほり、四角四面のへんてつもない素面《すめん》にて、何の愛敬《あいぎやう》とてなけれども、夏は冷奴、冬は田楽、煮てよし焼いてよしナマにてもよし　広く諸人《しよにん》に喜ばるるは　これひとへにわが身持固ければこそ。しかるにこの頃、絹豆腐を名乗る軟弱なるえせ者現はれ、女子供の人気を取ると聞く。イヤ、まことに、かやうの輩《やから》がわれらと同じく豆腐の名をかたるとあつては、豆腐の名聞《みやうもん》にかけゆゆしいことでござる。今日《こんにッ》タ、このところできやつの現はるるを待ち、化けの皮を剝がしてくれうと存ずる。（かくれる）

アド　当今人気並ぶ者なしと名の高い絹豆腐でござる。それがし比類なき人気のゆえんナ性《しやう》あくまでも柔かう、あくまでも優しきこと。奴豆腐も、湯豆腐も、鯛豆腐も、はたまた白和《しらあ》へも、柔かう優しうてこそ。豆腐百珍、佳《か》なる、奇《き》なる、妙《めう》なる、絶《ぜつ》なる、すべてこれ絹豆腐あつてのことぢや。ぢやと申すに豆腐は固からねば豆腐にあらずと武張る固物《かたぶつ》の分からずやがゐるやに仄聞いたしまする。ナント笑止なことではおりやるまいか。

シテ　（姿を現はし）おのれ、につくい奴の（トつかみかかる）

アド　（ひるむ体にて）無体なことをなさるは誰ぢや。

シテ　汝ごときに名乗るもおこがましけれども、われこそは豆腐の右大将もめん。

アド　はばかりながら、それがしも豆腐の左少将きぬごし。

シテ　おのれ、汝づれが豆腐であつてよいものか（ト首すぢを捉へる）

アド　ハテ、さう力まかせにつかませられては崩れまする。

シテ　ナニ、崩れうせてしまふまでよ。

アド　力づくはお不似合ひでござる。豆腐なれば豆腐らしう、正々堂々論議をもつて、ナア。

シテ　いかさま、道理ではある。（放して）では、当方から尋ぬるが、よしか。

アド　何なりと、尋ねさつしやれ。

シテ　そもそも、豆腐といつぱ。

アド　豆の腐《くさ》ると書く。また、豆の富めるともいふ。

シテ　そもそも生国《しやうごく》は。

アド　もろこし漢の代《よ》の淮南国《わいなみこく》。

シテ　父の名を何とかいふ。
アド　准南王劉安《りゅうあん》。その故に豆腐の仇名を准南清賞《せいしょう》。
シテ　又の名を。
アド　おかべとも呼ばれまする。
シテ　おかべのゆえんナ、何。
アド　壁のごとく白きゆゑ。
シテ　豆腐の徳は。
アド　第一に価《あたひ》安きこと。
シテ　第二に味淡白なること。
アド　しかも味はふほどに滋味深く。
シテ　いかな料理と合はするも　しつとりと馴染み。
アド　つい過ごすとも　腹にもたるることなく。
シテ　ハテ、何かに似てをるな。
アド　きやう……げん……にござりまするか。
シテ　さやう、狂言。狂言ぢや。
アド　それもその筈。豆腐と同じく、狂言の故郷ももろこし准南。
シテ　それはまことか。
アド　なかなか。
シテ　真実か。
アド　一定《いちぢやう》でござる。
シテ　事実か。
アド　事実を超えたる真実とか。
シテ　して、われらを産みたまひし父、劉安王は。
アド　あまりにお度量広く、食客三千人をお抱《かか》へなされたるが故に、伯父上武帝陛下にご謀叛《むほん》を疑はれ、敢《あへ》なきご最期《さいご》。もとより父上の潔白なること、壁のごとく、おかべの如かりしに（ト泣く）
シテ　汝も泣くか（ト共に泣く）
アド　（顔をつくづくと見て）兄者人《あにぢやひと》。
シテ　兄者人とは。
アド　もはや、木綿の、絹のと争うてをる時ではござりませぬ。われらもと大豆を母とし、准南王劉安を父とする兄と弟《おとと》。
シテ　弟か（ト手を取る）
アド　兄者人（ト手を取りなほす）。固いと柔かいと見かけかりそめに異なるとはいへども、兄弟《けいてい》相携へて豆腐一統の誉れのために。

シテ　珍重珍重《ちんちやうちんちやう》。
アド　万歳万歳《ばんぜいばんぜい》。
シテ　では兄弟の名乗りのよしみに一座建立《いちざこんりふ》。まづ連歌などうぢや。
アド　ソレ、よろしうござらう。
シテ　では、そなたホ句参れ。
アド　アノ、私めがホ句でござるか。
シテ　客ホ句、主人《あるじ》脇と申すことぢや。
アド　ではふつつかながら。
シテ　何とある。
アド　三百六十五日……。
シテ　いきなり字余りか。
アド　心あまりて、言葉もあまりて候。
シテ　マアよい、つづけさしめ。
アド　三百六十五日飽かないものは豆腐かな。
シテ　飽かないものは豆腐かな。ウーム。
アド　お付けなされませ。
シテ　豆腐かな、豆腐かな……ウーム……コレではどうぢや。毎度手づくり狂言も又。
アド　毎度手づくり狂言も又、狂言も又。イヤ、お見事にござりまするナ。
シテ　それほどでもないわいヤイ。なれば、つづけて第三参れ。
アド　もはや第三でござるか。
シテ　祝言《しうげん》の三ッ物。第三でめでたう揚げう。
小アド　（遠くより）第三仕《つかまつ》らう。
シテ　ハテ、遠声《とほごゑ》に第三とある。
アド　第三とは誰《た》そ。
小アド　（橋掛りをツと出て）揚豆腐でござる。

謡曲　散尊

J・ミルトン『闘士サムソン』・『旧約聖書』士師記による

と　き：英国十七世紀および古代イスラエル士師時代
ところ：ロンドン市中ミルトンの書斎および
　　ガザ市中ダゴン神殿の庭
登場人物：
　老人　実は　力者サムソン

老女　実は　遊女デリラ
詩人ミルトン
ミルトンの娘

ミルトン「見えぬに慣れぬ朝夕《あさゆふ》や。見えぬに慣れぬ朝夕や。見えし昔ぞ恋しき

〈次第〉

ミルトン「これは前《さき》の護国《ごこく》の卿《きやう》。クロムウェル殿の右筆《いうひつ》の卿。ミルトンとはわが事にて候。さても執権クロムウェルの卿。神の御《おん》加護の下《もと》。歴戦歴勝。暴君はじめこれに加担の悪人ばら。悉《ことごと》く処断ののち。この国の宰領経営《けいめい》に心を砕き給ひ候が。積年の御疲れ極まりしにやあらん。ふとせし風邪《ふうじや》の心地の床に俄《にはか》に身罷《みまか》り給ひて候。万事忘じ易く頼み難きは人間の常とかや。卿急逝より年余も非ず旧《ふる》き世戻り。新王により卿の奥津城《おくつき》暴かれ。その屍《かばね》永《と》久《は》の眠りを覚まされ。骨骸《こつがい》掘り上げられて死後死刑の辱《はづか》しめに遇《あ》ふ。まことに前代未聞。言語道断の仕儀とは相成り候。かく申す某《それがし》も。卿の側近なれば重科人《ぢゆうくわにん》とて。絞首台に上せらるべき処を。盲目の故を以て罪一等を免ぜられ。位階剝奪。家財ことごとく召し上げられ。陋巷《ろうかう》の塵裡《ぢんり》に捨てられて候。然るにこの日頃。わが書斎とは名ばかりなる荒屋《くわうをく》に。夜毎沈思黙考の後夜《ごや》の頃ほひ。訪れ候者之《これ》有り候。某に何事か物言ひたげなれど物言はず。又某とても敢て聞かず。数多《あまた》の夜をば重ね候。今宵又訪れ候はば。此度《こたび》こそいかなる者ぞと。問ひ糺《ただ》し候べく思ひ定めて候。や。かく申し候うちにも。戸を押し床を踏む気配。かの者訪れしに極《きは》まつて候。しばらくこの処に息を潜め待ち申さうずるにて候。

〈アシラヒ出〉

老人／老女「真夜《まよ》の真闇《まやみ》を幸《さきは》ひと。二千に余る。年越えて

老女「夜毎音《おと》なふ戸ぼそかな。

老人／老女「忍びに通ふ伏屋かな。

ミルトン「夜毎音なひ候とは。いかなる人に候や。忍びに通ひ候とは。いかなる訳に候ぞ。

老人「今はただ御身と同じく盲《めしひ》を託《かこ》つ翁とのみ。

老女「盲人《ノ》を手引き援《たす》くる嫗《をうな》とのみ。

老人／老女「心得置き候へ。

ミルトン「何われと同じく盲目の。翁と彼を手引きの媼。この荒屋《くわうをく》を目指すゆゑんは《ナ》如何に。

老人「同じく盲かこつ身の。わが苦しみの経緯《ゆくたて》を。語らむ為に来《きた》りたり。

ミルトン「されども絶えて声かけ候はぬは。

老人「夜毎沈思黙考の。その有様に憚られて。

ミルトン「お汝《こと》ならぬ某《それがし》より。声をかけたるこの夜半は。心置きなく語り候へ。

老人「さらば語つて聞かせ申さうずるにて候。われはもとさる国の。民を束ぬる者になりしが。外《と》つ国の仇人《あだびと》等《ら》。俄《にはか》に攻め来《きた》つて以来長く占領なす。されどもわれは生《ン》まれながらの怪力をもつて。仇人ばらをしばしば拉《ひし》ぐ。然《しか》るに仇人ばらの司《つかさ》われを欺き。捕へて両の眼《まなこ》を抉《くじ》り。牛馬の伴《とも》と臼を挽かしむ。竟《つひ》には彼等が祭の庭に。引き出だされて慰みとなる。その時われ憤《いきどほ》りを発し。わが身諸共《もろとも》。祭の人数《にんず》ことごとく滅ぼす。

地謡「殺すは正《まさ》しき復讐《あだがへし》。しかもわが身も滅ぼしたれば。義に叶ひしに似たりといへど。憎しみは。憎しみを生み。幾《いく》繰り返す道理にて。互《かた》み互《かた》みの復讐《あだがへし》。二千の年の余りもつづく。

老人「この身は滅ぶも罪は新たに。曾て挽いたる石臼の。小麦に代わる人間の。骨を砕きて血を搾る。苛責《かしやく》の責《せ》め木《ぎ》挽きつづく。永久《とは》とこしへの苦患《くげん》の経緯《ゆくたて》。

地謡「君が鏤骨《るこつ》の言葉に刻み。罪を宥《なだ》めて給《た》び候へと。いふより盲《めしひ》の老人は《ナ》。老女を伴ひ失せにけり老女も共に失せにけり。

（中入）

ミルトン「あら不思議や。今まで此処に在り在りて。われに語りし翁と媼。忽ち消えてわれを囲むは。真夜《まよ》の真闇《まやみ》の沈黙《しじま》のみ。ならいかに我が娘。我が身近くに控へたるか。盲《めしひ》のわれを援《たす》け候へ。

娘「いかにもわらはは盲目の。父上支へ生かしむるため。つねに身近く控へる身の。ことに深夜の事なれば。ついうとうととまどろみ居り候。

ミルトン「今まで此処に在り在りて。われと語りし老人老女。汝が目には見え候ひつれ。

娘「いや真近くは候へども。わらはの眼《まなこ》に見えつるは。父上とそを取り囲む。真夜《まよ》の真闇《まやみ》ばかりにて候。

ミルトン「語り交はせし互みの言葉。声はさぞかし聞こえ候ひつべし。

娘「その声言葉と言はるるも、わらはの耳にはいつ《ッ》からに聞こえ申さず候。

ミルトン「まことや盲《めしひ》はよく見。目開きは見ずとは道理なり。それにつけてもかの両人。誰やらに似し俤《おもかげ》の。そよ。かの旧約の士師記《ししき》第十六章。われに代りて読み聞かせ候へ。

娘「わらはは仰せに従ひて。取り出《いだ》しつつ旧約士師記十六章を。拾ひ読み聞かせ候べし。

――こののちサムソン。ソレクの谷に居る名はデリラと言ふ婦人《をみな》を愛す。ペリシテ人《びと》の群伯《きみたち》。その婦《をみな》のもとに上り来て之《これ》にいひけるは。汝《なんぢ》サムソンを説《とき》すすめて。そのおほいなる力は何に在るか。またわれら如何にせば之に勝《かち》て之を縛り。くるしむるを得べきかを見出せ。然《しか》すればわれらおのおの銀千百枚づつを汝《なんぢ》に与ふべし。ここにおいてデリラ。サムソンに言ひけるは。汝の大なる力は何にあるか。また如何せば汝を縛りて苦《くるし》むることを得るや。請之《こふこれ》をわれにつげよ。

――婦《をみな》ここにおいてサムソンに言ひけるは。汝の心われに居《をら》ざるに汝いかでわれを愛すといふや。汝すでに三次《みたび》われを欺きて。汝が大なる力の何にあるかをわれに告《つげ》ずと。日々にその言《ことば》をもて之にせまりうながして。彼の心を死ぬるばかりに苦しませたれば。彼つひにその心をことごとく打明して之にいひけるは。わが頭《かうべ》にはいまだかつて剃刀《かみそり》を当《あて》しことあらず。そはわれ母の胎《はら》をいづるよりして神のナジル人《びと》たればなり。もしわれ髪を剃りおとされなば。わが力われをはなれ。われは弱くなりて別の人のごとくならんと。

――婦《をみな》おのが膝のうへにサムソンをねむらせ。人をよびてその頭髪《かみのけ》七繚《ななふさ》をきりおとさしめ。是を苦しめ始たるに。その力すでに失せさりてあり。ペリシテ人《びと》すなはち彼を執《とら》へ眼《まなこ》を抉《くじ》りて之をガザにひき下り。銅《あかがね》の鎖《くさり》をもて之を繋《つな》げり。かくてサムソンは。囚獄《ひとや》のうちに磨《うす》を挽居《ひきゐ》たりしが。その髪の毛剃りおとされて後。復長《またのび》はじめたり。

〈一声〉

サムソン／デリラ「恥かしや。士師記第十六章を。読む声に惹かれて。再び出《い》で来たる。

ミルトン「宣《う》べしこそ。先に失せにし老人老女。我らが推量なしたる如く。

サムソン「我はサムソン。

デリラ「わらははデリラ。

ミルトン「お汝《こと》ら二人再びを。我らが前に出で候は。

サムソン「士師記の述ぶる顚末を。

デリラ「自ら細かに語らんと。

サムソン「われは力のみなもとの。輝く髪を剃りおとされ。

地謡「今は神にも民の群れにも。うち棄てられて囚獄のうち。因果の石臼挽きつづく。

デリラ「そこにもわれは来りつつ。伝へて口説く司の言葉。

地謡「天に栄光地にも栄光。今日こそはわれらが主。ダゴンの神《しん》の祭礼なり。その歓びの余徳に免じて告ぐるを聞け。

〈クセ〉

地謡「汝我らが。大罪人にて囚人《めしうど》よ。今より汝の軛《くびき》と。足の鎖《くさり》も外すを。許せばわれらが祭の。庭に立ち出できたりて。髪落されし空頭《むなかしら》。眼《まなこ》抜かれし両《ふた》つの。窩《あな》もてわれらが。神を賞め讃ふべし。その恩賞には囚獄を。出ださせ汝の愛しむ。婦と共に偕老。同穴仲睦じく。暮らすを許すと告ぐれば。

サムソン「われを欺き眼を抉《くじ》り。

地謡「牛馬の伴とせし奴等《きやつら》。崇むる神を何故に。讃ふべきかと怒りをなせば。

デリラ「忍ぶは一日《ひとひ》その代り。

地謡「未来永劫仲睦じく。暮らさんものを愛しき人よと。また手を取りてかき口説けば。

サムソン「愛しきならばわが大切の。髪落せしは何故ぞ。

デリラ「君何処にも行かざらんため。

サムソン「両の眼を抉《くじ》らせしは。

デリラ「他《ほか》の婦《をみな》を見せざらんため。

サムソン「賂《まひなひ》の銀受け取りしは。

デリラ「二人暮らさん生活《たつき》の費《つひ》え。

サムソン「猶《なほ》疑ひは残るといへど。今はともかく祭の庭へ。

デリラ「手引き導き候へとか。あら嬉しや喜ばしや候《ざうろ》。

地謡「男《をのこ》は女《をみな》に導かれ。女《をみな》は男《をのこ》を手引きつつ。到りし先は祭の庭。日の照りつくる広庭を。囲む高楼幾階《たかどのいくはし》の。いづれの階も群集《くんじゆ》満ち満ち。盲囚人《まうめしうど》を一目《いちもく》見んと。詰め寄る人数《にんず》は数百数千《すひやくすせん》。怪力無双の力者《りきしや》も今は。眼《まなこ》抉《くじ》られよろよろよろ。あれ哀れなる弱法師《よろぼし》見よと。指ざし頷き突きしろひ。声を立ててぞ嘲笑《あざわら》ふ。

サムソン「我疲れたり柱の一つに凭《よ》らせ候へ。

デリラ「さればこの柱に凭《よ》らせ候はん。

サムソン「わが神わが神わが力をば。今一たびと。

地謡「呼ばはりざまに柱を押せば。たちまちすべての柱響《とよ》もし。階といふ階崩れて落つる。ふためきこぞる群《くん》集《じゆ》の立つる。阿鼻叫喚《あびきようかん》の血に咽ぶ声。そのままこの世の。終はりの有様。声の中にはおのれの声も。愛しみ憎しむ婦の声も。雑り紛れて。二千年の余。

サムソン「われは今猶因果の臼《うす》を。

地謡「挽きつ回しつ舂《うすづ》き砕く。大麦小麦粟黍《あはきび》ならで。仇《あた》・憎しみの復讐《あだがへし》の。骨肉《ほねしし》むらを血混ぜに砕く。その血肉には。おのれの血肉。愛しみ憎む婦《をみな》の骨も。混りて臭《にほ》ひ耐へ難かりける。

地謡「その経緯《ゆくたて》を君が言葉に。刻みてわれらが苦患《くげん》をせめて。救はれずとも宥《なだ》めて給《た》べと。真夜《まよ》の真闇《まやみ》も暁《あかつき》がたの。光の裡《うち》に失せにけり声を残して失せにけり。

独吟歌仙　山めぐりの巻

オ　山めぐる姥は時雨の名なりけり
　深井の面《テ》取れば薄氷《うすらひ》
引《キ》上げし釣瓶のまはりしとどにて
　秋の夜長といふはそらごと
☾　月の姿《なり》有明までを描《キ》明《カ》し
　飯《ヒ》炊ぐ間に一《ト》眠りせん

ウ

迫門《せと》挟み潮委せなる舟いくさ
　ことしの新和布《あらめ》殊にやさしき
かぎろへる杉戸を叩く初便り
　孫の娘はいまだ帰らぬ
熱邑《いふ》も住めば都の巻《まき》腰《こし》裳《も》
　神さぶる猿《まし》窗《まど》を覗ける

☾

頬杖を月のいそぐは雲いそぐ
　草の紅葉は庭をかぎりに
夢覚めてしみじみ露の袖枕
　つれなかりけるひとの上聞く

✻

行く所花のさかりにあふものか
　つばくろの切る空あたらしき

ナオ

癌告知受胎告知をさながらに
　手《て》続《つづき》済ますイタリアの旅
荒《あら》猪《じし》の腸詰の香に誘ナはれ
　鬚白きまで尾根は下らぬ
伊達者ノと囁かれしは幾昔
　玉《ぎょく》播《ばん》の前声冴え返る
百千鳥中に鸚《あう》鵡《む》がうち傲り
　日なたに出さす薔薇は囲はれ
去年《こぞ》の雪青霞めるは招くらし
　埃の渦を拭く磁石計

☾

『地球より月へ』に寄せよ花芒
　人史何時《いつ》より燈《ともし》親しむ

ナウ

早馬を頼み促す鼻眼鏡
　火柱立たぬ市《まち》とてぞなき
箒《ははき》魔女群《むれ》飛ぶ峠《たを》に見しうはさ
　凍テぴしぴしと木木芽ぐむなり

✻

桜湯を吹いて故国を遠くゐる
　コンピューターが吐く春相場

覚書

連句は発句五七五律に始まつて「一歩も跡に帰る心な」く「ただ先へゆく」、わが国語が産んだ最も尖鋭な詩形式といへよう。前句を受けて次句を作り、前句と併せてひとつの世界といふか景色を拵《こしら》へるが、この世界ないし景色を後に持ち越すことはできない。この振返ることのないイメヂの絶えざる変容の詩は、複数の作者による各句の受け渡しといふことによつて成立してゐた度合ひが大きいが、近代の到来とともに複数の作者が同じ志のもとに集まる座の成立が困難になつて、連句じたいも衰退してしまつた。

むろん近代以後もたびたび試みられ、中には見るべきものもないわけではない。しかし、突発的に見るべき一巻があつても形式的に定着しないのは、すでに座といふものの成立の根拠が失はれてゐる、といふことかもしれない。ここは一番、発想を変へて、連句全体を独りで作つてみることにしてみてはどうか。独吟の例は昔からないわけではない。だが、それはあくまでも複数吟の変形、たとへていへば独り碁のごときものだつた。さうではなくて、はじめからひとりの作者が単独で振返ることのないイメヂの絶えざる変容の詩を志す、といふことだ。

さうなると、『去来抄』や『三冊子』が伝へる連句作法、たとへば「一巻は無事に作すべし。初祈の裏より名残の表半ばまでに、物数寄《ものずき》も曲《きよく》も有るべし。半ばより名残の裏にかけては、さら〳〵と骨折らぬやうに作すべし」といふやうな箇所も、かならずしもそのとほりに従はなければならないといふものでもなからう。ただ「一巻表より名残まで一体ならんは見苦しかるべし」といふ全体観に心して、全体が序・破・急の要領で進むやうに頭のどこかで考へてゐればいい。しかしその変形もあつてよいのではあるまいか。たとへば春秋は三句以上五句までといふ式目なども、独吟に限つては二句以上三句までぐらゐの方が実状に合つてゐるのではないか。

そんなわけで日本語詩の可能性をさぐる意味でも、一度は試みてみたいと思つてゐた独吟歌仙だが、過去ほぼ四十五年のあひだに書きためて来た短歌・俳句以外の古体の詩歌の集に、出来たら歌仙も加へたいと思つてゐたところ、新春のつれづれにあんぐわいするすると形になつてしまつた。なお、付合《つけあひ》について畏友鈴木漠さんに教へられること、多かつた。出来映えはともかく、二十一世紀の日本語のこんな愉しみかたもあるといふ例として掲げ、以下に自注してみることとする。

山めぐる姥は時雨の名なりけり

一九九八年十二月二十六日に八十八歳の生涯を閉ぢた白洲正子三回忌追慕の句。白洲さんの文章に「若い時から私は、年をとつたらお能の「卒塔婆小町」とか、「檜垣」のやうな老女になりたいと思つてゐた。昔はさうい ふ爽やかなお婆さんたちがゐたからだ。ところがいざ年をとつてみると、なかなか理想どほりには行かないことが判つた。私がせいぜいなれたのは「山姥」で、昔の人たちとは訓練がちがふのである。相も変らず白頭《しろかしら》をふり乱して「山めぐり」をするのに精一杯だが、山めぐりの苦しみを知つてくれる人は少い」といふ条《くだり》がある。能や地唄の「山姥」に山めぐりの段あり。加へるに山めぐりは京あたりでいふ時雨の別名でもある。

山めぐる姥は時雨の名なりけり

深井の面《テ》取れば薄《うす》氷《らひ》

白洲正子追慕の句を発句としての脇の「深井」は、能「山姥」の前ジテが付けること最も多い面。檜書店刊『観世流謡曲全集』山姥の項に「前ジテ 女 面—深井又ハ近江女、霊女……」とある。やや老け役の女に用ゐる代表的な面で、曲見《しゃくみ》に較べさらに霊性が強いやうだ。発句「時雨」の冬季に従つて冬、「薄氷」は現代俳句では春季だが、連俳時代は冬の季語だつた。ここで「薄氷」に喩へられてゐるものは深井の面じたいでもよいし、深井の面を取れば後ジテの山姥になるのだから山姥の面、あるいは山姥といふ存在じたいと考へてもよい。後の方が思ひが深くなるか。

深井の面《テ》取れば薄《うす》氷《らひ》

引《キ》上げし釣瓶のまはりしとどにて

釣瓶を落とし、水を汲んで引き上げた、その釣瓶のまはりがあふれこぼれる水でしとどに濡れてゐる。これによつて前句の深井は文字通りの深い井戸、面は水面になる。その水面に薄氷が張つてゐたのが汲み上がつて来た、その薄氷のかけらを手に取つて朝の冷たさを実感してゐることになる。雑《ざう》の句。

引《キ》上げし釣瓶のまはりしとどにて

秋の夜長といふはそらごと

前句の釣瓶を引き上げた人物は非性・非人称だが、「秋の夜長つていふけど大嘘だ」と呟かせることによつて、きぬぎぬの別れの男性といふ性格が与へられる。一晩ぢう愛のいとなみに耽つてゐた男が、短かすぎると独語しながら手水をつかつてゐる。もう一つ、きぬぎぬの別れの男性が顔を表はしたことによつて、引き上げたまはりのしとどに濡れた釣瓶が、際《きは》どい怪《け》しからぬイメヂも重ね持つてくる。これも連句の愉しみの一つか。

秋の夜長といふはそらごと
月の姿《なり》有明までを描《キ》明《カ》し

朝になつて秋の夜長を疑ふ人が、色男から一転して真面目な画家になる。月の真の姿をわがものにしようと、月の出から有明(月の姿が空の中にありながら夜が明ける、あるいはその月の姿、有明月)まで描きつづけ描き明かした画家が、もうすこし描けたらと嘆いてゐるのだ。月の定座。秋。

月の姿《なり》有明までを描《キ》明《カ》し
飯《ヒ》炊ぐ間に一《ト》眠りせん

嘆いてもしかたがない。とりあへず作業はここまでといふことにして、朝飯の炊き上がるまで一眠りするか、また夜になれば月は上ることだし。画家の気分転換。雑の句。

飯《ヒ》炊ぐ間に一《ト》眠りせん
迫《せ》門《と》挟み潮委せなる舟いくさ

ここから初折裏。場面を海峡を挟んだ海戦の場、たとへば早鞆《はやとも》の瀬戸を挟んだ源平壇ノ浦の合戦の場にすることで、「飯《ヒ》炊ぐ間に一《ト》眠りせん」とする人物を武将に転じた。海戦はどうせ潮流待ちだから、その前に飯《めし》を、いや飯の前にまづ一眠りして英気を貯へてと、この武将は太つ胆《ぱら》なのだ。雑の句。

迫《せ》門《と》挟み潮委せなる舟いくさ
ことしの新和布《あらめ》殊にやさしき

新和布《しんわかめ》が採れるのは早春。早鞆の瀬戸は和布《わかめ》で知られ、和布刈《めかり》神事で有名な和布刈神社が九州側門司に鎮座する。

新和布を出すことで前句の「舟いくさ」は関門両岸から出た舟の新和布採り競争といふことになる。春季。

ことしの新和布《あらめ》殊にやさしき
かぎろへる杉戸を叩く初便り

雪深い山中の杣家に雪解けの陽炎とともに今年の初便りが届いた。初便りは荷物でその中には今年の新和布。「今年の新和布があまりにやさしい色をしてゐるので少少送らせていただきます」などの添書が入つてゐたとしてもよからう。杉戸を叩くのはもちろん郵便配達夫。前句に従つて春。

かぎろへる杉戸を叩く初便り
孫の娘はいまだ帰らぬ

さて杣家に住むのは老人ばかりだが、老人鍾愛の孫娘は山住みを嫌つて出たつきり帰つてこない。いつたい何処へ行つてゐることやらと思つてゐたら何箇月か遅れの初便りが届いた。雑の句。

孫の娘はいまだ帰らぬ
熱邑《いふ》も住めば都の巻《まき》腰《こし》裳《も》

前前句の内容を引きずらないのが連句の規則だから、ここでの孫娘はもはや杣家の娘ではなく、都会育ちの大学生か学生上がり。これがバリ島かなんぞに行つて、はまつてしまつて何年も帰つてこない。Tシャツにバティック布を巻スカートにし、素足で歩いて平気なんだから、日本なんか窮屈で帰りたいとも思はない。夏。

熱邑《いふ》も住めば都の巻《まき》腰《こし》裳《も》
神さぶる猿《まし》窓《まど》を覗ける

熱国の気楽暮らしのいいところは自然と一体であること。たとへば開いたままの窓から年経た猿が覗いてゐたりする。雑。

神さぶる猿《まし》窓《まど》を覗ける
頬杖を月のいそぐは雲いそぐ

第二の月の座。頬杖を衝いて雲間の月を眺めてゐるのは、中国山水画でお馴染み仙人か老荘の徒か。急いでゐるのは月か雲か、それとも見てゐる自分なのか、などと逍遥遊してゐる。そこに趣を添へてゐるのがまるで話相手のやうな神韻渺渺《べうべう》たる猿、といふわけだ。秋。

頬杖を月のいそぐは雲いそぐ
　草の紅葉は庭をかぎりに

頬杖ついてもの思ふ人は男か女か。外はいちめん草紅葉の庭だ。秋。

　草の紅葉は庭をかぎりに
夢覚めてしみじみ露の袖枕

草紅葉の荒庭も夜半、屋内では辛い夢に目覚めた人物が、故あつて別れた相手の不在を改めてしみじみと感じてゐる。秋。恋の句。

夢覚めてしみじみ露の袖枕
　つれなかりけるひとの上聞く

前句の「露けき」に人命のはかなさの匂ひを感じ取り、夜明けてその人物がかつて自分につれなかつた人がはかなくなつたらしいとの消息を聞いた。『源氏物語』宇治十帖の世界、薫大将《かをるだいしやう》の俤としてもよい。とすれば「つれなかりけるひと」は大君《おほいきみ》か。雑。前句につづき恋含み。

　つれなかりけるひとの上聞く
行く所花のさかりにあふものか

花の座。どこに行つても花の盛りに行き会ふといへば、西行を措《お》いてない。それならここでの「つれなかりけるひと」は待賢門院璋子《たいけんもんゐんしやうし》か。西行が門院の訃報を知つたのは久安元年（一一四五）初度みちのくの旅の途次かといふ。春。

行く所花のさかりにあふものか
　つばくろの切る空あたらしき

西行ならずとも、気候の関係で行く先先、花の盛りに会ふことはある。そんな時、ふと初燕を見、その翼が切る空に新鮮さを憶えたのだ。春。

　つばくろの切る空あたらしき

癌告知受胎告知をさながらに

ここから名残折表。後半に入る。ここで世界を日本・東洋から西洋に移してみた。西洋のバックボーンはキリスト教。キリスト教の成立を神学的にいへば受胎告知から始まる。ニイチェの言ふやうに神が死んだ現在、受胎告知といふ古い信条《クレド》に魂を入れるには、癌告知と接合するくらゐの荒療治《あられうぢ》が必要だらう。医師による癌告知を処女マリアが天使ガブリエルによる受胎告知を受け入れたやうに受け入れた人物（男性だらう）が、病院を出て燕の飛行《ひぎやう》を見た時、自分の限りあるいのちの置かれた世界を新しい、あるいは愛惜《あたら》しいと感じたのだ。雑。

癌告知受胎告知をさながらに
手《て》続《つづき》済ますイタリアの旅

すでに手遅れの癌告知を受けた人が、前から行から行かうと思つて果たせなかつたイタリアへの旅行手続を済ませた。ひよつとしてフィレンツェ市サン・マルコ修道院にあるフラ・アンジェリコの壁画「受胎告知」を見に行きたくなつたのかもしれない。雑。

手《て》続《つづき》済ますイタリアの旅
荒《あら》猪《じし》の腸詰の香に誘《ナ》はれ

イタリア山岳地帯の山猪の腸詰の旨さはつとに知られてゐる。このたび思ひ立つてイタリアに行くことにしたのは、山猪の腸詰が食べたい一心からだ、といふ心持《こころもち》。腸詰はじつさいに食べたのでも、ブッキッシュの新知識のどちらでも。山猪の腸詰を作るのは冬といふ。

荒《あら》猪《じし》の腸詰の香に誘《ナ》はれ
鬚白きまで尾根は下らぬ

山猪の腸詰をたつぷり食はせてやるからと、食ひ意地を見すかされての甘言に釣られて山に入つた貧家の少年が、山賊だか炭焼党だかになつて鬚に白いものが混るまで尾根から下りてこない。この少年はもちろんイタリアの少年。雑。

鬚白きまで尾根は下らぬ
伊達者《ノ》と囁かれしは幾昔

鬢に白いものが混じるまで尾根を下りてこない人を禁欲の修道者と見た。若い時はいつぱし伊達者と噂されて婦人方の心をときめかした彼も、回心してからはそれまでの放蕩無頼の生活をふつつりと断つて、山に入つてしまつた。俗に強い人は聖にも強いといふわけだ。雑。恋含み。

伊達者ノと囁かれしは幾昔
　玉《ぎよく》𤗼《ばん》の前声冴え返る

かつて伊達者と呼ばれた優男も、国王に用ひられて宰相として年月を経るほどに辣腕の政治家になつて、その声も高御座《たかみくら》の前に冴え返つてゐる。季は「冴え返る」で春。

　玉《ぎよく》𤗼《ばん》の前声冴え返る
百千鳥中に鸚鵡《あうむ》がうち傲り

冴え返る声の主が一転して国王寵愛の鸚鵡となつた。たぶん領土のアフリカのどこかから献上されたものまね鳥は、折から春を告げる百千鳥の囀りの中で、王様の寵愛をかさに着て、傲りたかぶつて冴え返つた声を挙げてゐる。春の句。

百千鳥中に鸚鵡《あうむ》がうち傲り
　日なたに出さす薔薇は囲はれ

その鸚鵡が室咲きの薔薇を日なたの自分の止まり木の下に出すやう命じてゐる。前句に従つて季は春。

　日なたに出さす薔薇は囲はれ
去年《こぞ》の雪青霞めるは招くらし

薔薇の鉢を取り出した露台の遠景は高い嶺嶺で、気温の上がつたせゐで去年からの根雪が青みがかつて見える。登山の季節が到来したのだ。「去年《こぞ》の雪」をかの泥棒詩人フランソワ・ヴィヨンの「疇昔《いにしへ》の美姫の歌」の畳句《ルフラン》と取れば、前句の囲はれものの薔薇からは陰微な肉の香りもしてこようか。前句を含めて仄かに恋の匂ひも。夏季。

去年《こぞ》の雪青霞めるは招くらし
　埃の渦を拭く磁石計

遠嶺の雪の色に夏の到来を確認した男は山男。作年あの嶺この嶺に登つたことを思ひ出しながら、取り出した磁石計の埃を拭いてゐる。雜。

埃の渦を拭く磁石計

『地球より月へ』に寄せよ花芒

第三の月の座。ジュール・ヴェルヌの『地球から月へ』を久しぶりに読み返さうと取り出して、芒《すすき》の花瓶を脇に置き、名月に供へた。ヴェルヌが単なる少年小説家でなく、深遠で謎の多い作家として、昨今再評価されてゐるのは周知のとほりだ。ヴェルヌを捜すついでに出して来た磁石計は、月面にもこれを携へるのかとの思ひから。秋季。

『地球より月へ』に寄せよ花芒

人史何《い》時《つ》より燈《ともし》親しむ

かつて人は夜ともなれば月の光と星の光しか知らなかつたのに、いつから燈火に親しむやうになつたのか。それはまた読書の歴史であり、学問の歴史であり、学問の発展の結果の地球環境の破壊、全生命の危機をもたらした歴史でもあつた。燈に親しむのは秋。

人史何《い》時《つ》より燈《ともし》親しむ

早馬を頼み促す鼻眼鏡

これより名残折裏。序破急ではもはや急。燈火に親しみ読書に耽つた結果、視力も落ちる。ファウスト博士級の碩学ともなれば眼鏡なしでは生きてはいけない。しかし、かつて眼鏡は貴重品中の貴重品。注文して待てど暮らせど返事がないので、催促のため早馬を仕立てさせてフィレンツェまたはピサの眼鏡商に向かはせた。雜。

早馬を頼み促す鼻眼鏡

火柱立たぬ市《まち》とてぞなき

片眼鏡の人は早馬を仕立てて何を促さうとしてゐるのか。ヨーロッパのどこもここもが延蜿と続く動乱に火柱を挙げて燃えつづけてゐる。雜。

火柱立たぬ市《まち》とてぞなき

箒《ははき》魔女群《むれ》飛ぶ峠《たを》に見しうはさ

動乱の国国を行き来する商人の商人宿の炉辺での無知無責任な噂話。いや、あの峠でよ、箒に乗つた魔女の群を見つちまつてよう、いや、恐かつたのなんのつて。時代は異端審問・魔女狩りが盛んにおこなはれた時代。雑の句。

箒《ははき》魔女群《むれ》飛ぶ峠《たを》に見しうはさ
　凍《テ》ぴしぴしと木木芽ぐむなり

信仰の名のもとに簡単に人命が失はれた恐怖時代。しかし、その凍てついた世情の中にも木木は芽ぐみ、新しい時代の兆ははつきりと見えてゐる。春。

　凍《テ》ぴしぴしと木木芽ぐむなり
桜湯を吹いて故国を遠くゐる

第二の花の座。春なほ凍て厳しく木木がやつと芽ぐみはじめた北欧またはアラスカなどの地で、故国から持参の桜湯を吹きさまして味はひながら、桜の下の家族や友人たちのことを思つてゐるのは気象観測の人か。六句前の月の座に「花芒」があるので、ここは花字を避けて「桜」。それも桜花じたいでなく桜湯だ。春。

桜湯を吹いて故国を遠くゐる
　コンピューターが吐く春相場

コンピューターが刻刻吐き出す春の荒模様の相場はニューヨークか、ロンドンか。それを見ながら桜湯を吹いてゐるのはたぶん大手証券会社の駐在員。荒模様の春相場は詩歌の現状でもあらう。なほハルの音にはSF映画の傑作『二〇〇一年宇宙の旅』の賢明なるコンピューターHALが共振してゐるか。連句なる日本語の詩的遺産を新世紀、そして新千年紀に送り出す思ひをいささか込めた。

＊〈目〉〈生〉〈旅〉〈讃〉〈悼〉〈倣〉の諸篇は、本文庫のために著者自身により既刊詩集10冊（一つのテーマによる連作詩集『王国の構造』『姉の島』『語らざる者をして語らしめよ』は除外）および未収録作品から選択・構成された。収録書誌は以下のとおり。

・『鍵束』一九八二年書肆山田刊
「目の国で」「砂の言葉」「図書館あるいは紙魚の吐く夢」「ピュタゴラス豆」

・『分光器』一九八五年思潮社刊
「われらチパングびと」「目について論ずるなら」「花冠」「鳥籠売りジョンの唄」「Stylophilieまたは快楽の練習」「キー・ワードに沿って」「アーオー」「七つの墓碑銘」「詩人自身の碑銘」

・『兎の庭』一九八七年書肆山田刊
「雑草の研究」「猿を食う人びと」「ジガ　永遠の女性」「地上」「音楽」

・『旅の絵』一九九二年書肆山田刊
「私のお父さん」」「ぼくは　お母さん」「庭」

・『この世あるいは箱の人』一九九八年思潮社刊
「見えない書物」「杉」「草霊譚」「旅する血」「この世あるいは箱の人」「風の二音節を」「鯨の夏」

・『柵のむこう』二〇〇〇年不識書院刊
「手紙」「恐怖する人」「暗い鶴」「柵のむこう」「井戸を捜す」「アイルランドで私は」「美しい崖」

・『恢復期』二〇〇一年書肆山田刊
「樹」

・『倣古抄』二〇〇一年邑心文庫刊
「称井神私祝詞」「三島由紀夫大人命の御前に白す祭詞」「澁澤龍彦大人命の奥津城に訴ふる祭詞」「桃花別生死狭斜」「野宮」「死失帖」（「文倉数へ唄」改め）「山めぐりの巻」および「覚書」

・『小枝を持って』二〇〇二年書肆山田刊
「能舞台の三つの詩」「仮面のむこう」「フィレンツェの春」「テロリストE・Pに」「伝記」「顕し世」「タネラムネラ」「路地で」

・『起きあがる人』二〇〇四年書肆山田刊
「目が覚めて」「書くこと」「鼠の歌」「樹と人」「無いという樹」「起きあがる人」「対話の庭」

・未収録作品
「豆腐連歌」「散尊」

詩集〈永遠まで〉から

私の名は

私の名は　死を喰らう者
新しい不幸の香を　鋭く嗅ぎつける者
喪の家にいちはやく駈けつけ　死肉を貪り
望まれず　甲高い嘆きの声を挙げる者
私は羊水の中　臍の緒につながれたまま
内がわから　日夜　母親を蝕み
血まみれの産道を破って　這い出た
父親はあらかじめ　失われていた
親族や係累も　はじめから絶えていた
揺籃も　乳母車も　産着すらなかった
差し出された乳房に　汚れた爪を立て
乳首を嚙み切り　血のまじる乳を吸った
驚いて引き剝がされ　投げ出された
私の年齢は不詳　というより　不定《ふじよう》
零歳にして百歳　むしろ超歳
白髪《しらが》　皺だらけで　産声を挙げつづける
私を捜すなら　あらゆる臨終の牀《とこ》
瀕死の人を囲む　悲しみの家族にまぎれ
誰にも気づかれずいる　見知らぬ者
私は　つねにあらたに死に渇く者
滅びへの飢えに　苛まれつづける者
自身死ぬことを拒まれた　不吉なる者

奇妙な日　二〇〇七・一二・一五

おかあさん
ぼく　七十歳になりました
十六年前　七十八歳で亡くなった
あなたは　いまも七十八歳
ぼくと　たったの八歳ちがい
おかあさん　というより
ねえさん　と呼ぶほうが

しっくり来ます
来年は　七歳
再来年は　六歳
八年後には　同いどし
九年後には　ぼくの方が年上に
その後は　あなたはどんどん若く
ねえさんでなく　妹
そのうち　娘になってしまう
年齢って　つくづく奇妙ですね

＊＊

奇妙な感じの発端は　十六年前
あなたの宗教による葬儀に
あなたの長男で　喪主でありながら
ぼくは出席を遠慮した
式のすべては　宗教に仕切られ
ぼくは無縁の陪席者にすぎない　と
前もって　わかっていたからです
かわりにぼくは　古い写真を
捜し出して　印刷してもらい
あらためて　ぼくだけの
手紙形式の葬儀としました
その写真は　いまもそのまま
仕事机の正面にあります

＊＊

六十数年前の若い寡婦が
幼い男の子を抱いた写真
まいにち見ているうち
奇妙なことがおこりました
ぼくの記憶の中の　晩年のあなたが
日に日にぼやけ　薄れ　ついには消え
写真の若いあなたが　あなたになった
いまではもう　老いたあなたの像を
再生することは　ほとんど出来ない
いったい　ぼくは何をしたのでしょう

＊＊

このところ　繰り返される
少年たちによる老人殺し
息子たちによる親殺し
見聞きするうち　ぼくは
奇妙な思いにとらわれました
ぼくもまた　老いたあなたを殺し
ついでに　老いたぼく自身も殺し
アリバイ作りに　六十数年前の
写真を飾っているのではないか
写真の背後　窓のむこうの庭には
スイセンやユリの球根といっしょに
あなたとぼく　二つの腐爛死体が
仲よく　埋められていやしないか

* *
*

でも　肉親殺しをいうなら
あなたの方が　ぼくより早かった
六十数年前　若い寡婦のあなたは
幼い姉とぼくに睡眠薬を服《の》ませ
自分も服んで　無理心中を計った
机の上に　サクラが無心に散っていた
幸か不幸か　祖父母が訪ねて来て
内から釘付けした戸をこじあけ
医者が呼ばれて　三人は生還
あなたの子殺しは　未遂に終わった
姉は　子のない叔母のもとへ拉致
写真は　その直後に撮られたもの
ぼくがその写真を持ち出すことで
あなたの未遂をやり遂げたとしたら
ぼくらは　奇妙な共犯関係ですね

* *
*

ぼくの完遂の結果
あなたは写真の中に入って
若い寡婦になりおおせた
ぼくも写真の中のあなたに抱かれ
幼い男の子になりすました
と言いたいところだが

では　この写真の前にいて
写真の中のあなたとぼくとを
見ている老人は　誰でしょう
いま　ぼくがしなければならないのは
写真の前の奇妙な老人を　殺すこと
みごと殺しおおせた暁には
その時こそは　言えますね
ぼく　一歳になりました
もう　二歳にも　三歳にも
もちろん七十歳にも　なりません
安心して　ずっと二十五歳の
若い母親でいてくださいね
ぼくの大好きな　たったひとりの
おかあさん

小夜曲　サヨコのために

私が育ったのは
山の上の小さな家
家の前には小さな墓地
咲き乱れる草の花を摘んで
いちんち　ままごとをした
お客はお墓の住人たち
住人たちは　大人も子供も
小さな私と同じ背丈

***

親たちはいつも留守
小さな留守番を不憫がって
とっかえひきかえ着せた
春は草いろ
夏は海いろ
秋は月いろ
冬は火の色のお洋服
お客はみんな
私の服を欲しがった

＊＊＊

だのに　脱いで
着せかけようとすると
そろって遠慮した
お墓の人が家の人の服を
着ることは厳禁
あなたが代わって
着てくれたら　それでいい
風のそよぎや光のゆらぎで
そよそよ　ゆらゆら
そう言った　微笑《わら》った
私は脱いだものを着なおした

＊＊＊

お洋服をつくろうと思ったのは
ままごとのずっと後
古新聞や古雑誌を切り抜き
粘付けして　服を仕立てた
着たことも見たこともない服
この世のどこにもない服
お客はひとり　またひとり
お墓の中に帰って行った
じょきじょきじょきじょき
裁ちばさみを動かしながら
私はお客たちの背丈を超えた

＊＊＊

自分の血の匂いを知った朝を
私は忘れない　それは
かつてのままごとのお客たちと
決定的に疎遠になったこと
彼女たちは死に
私は生きている　それは
山よりも海よりも
大きな隔てを置くこと
下着を洗いながら　私は泣いた
泣きたいだけ泣いて　涙を拭いた

家を出て　山を下りた

＊＊＊

古い門　新しい階段
布を裁ち　ミシンを踏む学校
教科書で指名され　立ちあがり
読まされて　忘れられない一節
「化粧術は死者をよみがえらせ
衣裳術は蘇生者を立ちあがらせる」
それは　遠い古代の死んだ国の谺
いいえ　お墓の中からの
なつかしい声

＊＊＊

教室の発表会で人台にさせられた
人台とは代わりに着ること
代わりに着ることに抵抗はなかった
小さい時からずうっと
顔のない　体のないお客たちの
代わりに着ていたから　それは
体のない人の代わりに
体を持つこと
顔のない人の代わりに
顔を持ってあげること
私は着ること　粧うことに
しずかに熱中した

＊＊＊

たんねんに粧って
かろやかに着て
細長いステージを行き戻り
私が知ったことは
死んだ人と生きている人に
本当は差がないということ
生きている彼女たちにも
本当は体がない　顔がない
だから　代わりに粧い
代わりに着る者が要る

自分がいま　お墓のあいだを
歩いていると　私は思った

＊＊

私は着た
風を着た
空を着た
夜明けを着た
夕焼けを着た
海を着た
草原を着た
廃墟を着た
地下迷路を着た
考古学を着た
占星術を着た
神霊術を着た
着ては脱ぎ
脱いでは着ながら気付いた
着ては脱ぐ私も一種の服で
本当は着られているのだと
私にも本当は
顔も体もないのだと

＊＊

私はくりかえし歩き
くりかえし歩を返した
長いステージ　それは
世界を幾巻きも
その時間は一秒
それとも千年
私のことをいつまでも若いと
人は首をかしげる
どうしたら老いないのか
教えてほしいと言う
老いないのではない
老いられないのだ
自分に顔がなく
体がないと気付いた者に

どうして老いることができよう

＊＊

私は恋をしたか
恋を着ただけ　かもしれない
でも　恋を着ることは
恋をすることより
大変なことかもしれない
恋を着ると
ない顔　ない体に食いこんで
無理に脱ごうとすると
血をながす
あの時の何倍　何十倍もの
いつまでも止まらない血
血を流しつくしたら
私は空気になるだろう
空気になって
まわりに溶けるだろう
その時が夜なら
夜になるだろう

＊＊

蒙古斑の幼女のお尻
のような　すべすべの
満月がのぼる
いつか風が出て
満月の表面に
蒙古皺のような
さざなみをつくる
さざなみがくりかえし
月を洗い　洗いながした後
夜明けが立ちあがる
私は夜明けに溶け
私は夜明けになる
かつて着たことのある夜明けに
夜明けになった私を着るのは
誰だろう

コイコイ　スミコに　タツオに

背後の海がひときわ暗み　たちまち明るみ
大きく盛りあがり　そのまま崩れ落ちる
砂の上に　片や横坐り　片や胡坐《あぐら》
洋装の女と　寝巻の男が　向かいあい
左手の持ち札から　右手が一枚を抜いて
あいだの坐布団に　かわるがわる打ちつける
（麦藁帽子の彼女の表情は見えず
正ちゃん帽の彼の横顔はあからさま）
女という性と　男という性は　飽きもせず
悠久のむかしから　繰り返してきたさ
マサコも　ヨリトモも　コイコイ
ニジョウも　ゴフカクサも　コイコイ
出会いよ来い　別れよ来い　愛と憎とは一緒に来い
彼女が悪いわけでも　彼がいけないわけでもないよ　ね
そこは　カマクラ　ユイガハマ
それとも　アメノヤスノカワラか
それならば　彼女はアマテラス　彼はスサノオ

おたがい残り札をくちゃくちゃ嚙んで　吐き出して
その唾液《つばき》まじりの　息吹の狭霧に成れるものは
まっぴるまの　透きとおった　夢の夢
夢の間に陰画《ネガ》の波が寄せ　陽画《ポジ》の波が返し
たまゆらに出現した　ジャンボ・ジェット
（操縦桿を握るのは　二人の観念の媾いから
生まれ落ちた無の息子？　あるいは娘？）
炎をあげるのは高層ビルでも　大型旅客機でもなく
世界という仮構　永遠という幻想
気がついてみれば　はじめのはじめから
向かいあう彼女も　彼も　いなかったさ
ルネも　ドナティアンも　イナイイナイ
スミコも　タツオも　イナイイナイ
むろん　それを見る私たちも　いないし
地球という舞台も　宇宙という額縁も　ないよ　ね
ただ　札を掲げる手の影だけがあって　コイコイ
虚空を打つ札の空耳《そらみみ》だけがあって　コイコイ

この家は

この家は私の家ではない　死者たちの館
時折ここを訪れる霊感の強い友人が　証人だ
色なく実体のない人物たちが　階段を行き違っている
彼等が恨みがましくなく　晴れ晴れとしているのが　不
　思議だ
と彼は言う　不思議でも何でもない　私がそう願ってい
　るからだ
親しい誰かが亡くなって　葬儀に出るとする
帰りに呉れる浄め塩を　私は持ち帰ったことがない
三角の小袋をそっと捨てながら　私は呟く
もしよければ　ぼくといっしょにおいで
その代り　ぼくの仕事を手つだってね
そう　詩人の仕事は自分だけで出来るものではない
かならず死者たちの援けを必要とする

***

この家は私の家ではない　死者たちの館
ぼくのところにおいでというのは　厳密には間違いだ
きみたちの住まいにぼくもいさせてね　というのが正し
　い
ここには　はじめから死者たちが群れていて
しぜん　新しい死者を呼び寄せるのだから
いさせてもらう代りに　何かをしなければならないのは
　私の方
彼らの居心地をよくして　長くいついてもらうため
こまめに窓を開けるとか　つねに掃除を欠かさないとか
彼らに何かを強要するなど　とんでもないこと
その結果として　詩が生まれたとしたら
じつは　それは私のではなく　彼らの手柄
私は拙ない代行者に過ぎないことを　銘記しよう

***

この家は私の家ではない　死者たちの館
私の家といえるのは　私が死者となった時
それも正しくは　私たちの家というべきだろう
死者たちのひとり　霊たちのひとつとなって

私はもう詩を書かない　書く必要がない
すでにすべての抽出が　ここで書かれた詩であふれ
しかも　それらの詩はすべて生まれそこないの蛭子
生きている誰かが来て　私たちのあいだに住む
彼が詩人であるかどうかは　私たちの知るところではない
ただ願わくは　彼がこの家を壊そうなど　謀叛気をおこして
私たちと彼自身とを　不倖せな家なき児としませんように
生まれそこなった詩たちを　全き骨なし子としませんように

死者たちの庭　川田靖子夫人に

親しい者がひとり死ぬと　苗木をひともと植える
それが　彼女の始めた　新しい死者への懇ろな挨拶
死者たちは日日の成長をもって　彼女に答える
花を咲かせ実を結び　落ちて新たな芽生えとなる
自分が死について何も知らなかったと　彼女は覚った
死は終わりではない　刻刻に成長し　殖えつづけるもの
まぶしいもの　生を超えてみずみずしく強いもの
外を行く人は何も知らず　立ち止まっては目を細める

旅にて　田原に

I

大地が土だけで出来ていることを
ここに来て　あらためて知った
土だけの大地の上に　土だけの道
男が　大きな麻袋を肩に　歩いていく
彼の後ろにも　前にも　土の大地だけ
家らしいものは　何も見えないから
とりあえず　男はただ歩いているだけ

大きな袋を担《かた》げて　一足　一足ずつ
生きるとは　つまるところ　歩くことと
重い荷物を　担げるか　手に持つかして

2

小蠅が来る
私が死ぬ者だということを　嗅ぎつけて
私が生きていることは　刻刻に死に近づいていること
私が息をしなくなっても　しばらくは離れないだろう
だが　じゅうぶんに死んで　解体して
死ですらなくなったら　彼はもう　そこにはいない
新しい死の　みずみずしい匂いのほうへ翔《と》びたって
人間の最も親しい友　透明な　優雅な翅《つばさ》持つ者よ

3

沙漠の中のその樹は　千年を生き
枯死して千年　立ったまま
倒れてなお　千年は腐らぬ　という
砂あらしから　樹皮を　自分を護るため
おびただしい髭枝を　周りに垂らし
おびただしい髭根で　土砂を掴んでいる
梢のなかば枯れた葉むらは　風に鳴り
からからと　千の鈴　千の言葉
遠く　近く　囁きあい　呼びかわす
雲多い秋天の下《もと》　そよぎの会話は
目の限り　つづく起伏の涯の涯まで

4

私はまだ　じゅうぶんに死んでいないから
月光に誘《いざな》われて　土盛《ども》りの外へ出て来る
死者どうしの媾合で生まれるのは
血液と体温のない赤子だ　と知っているから
真夜中の墓原で愛しあおう　とは思わない
戸の隙間から　しばらく覗いてみて
寝息を立てるあなたの脇に　しのび入る
熟睡するあなたに跨《また》がり　精を絞りつくしたら
ふらふらと出ていく　私は胎《みご》もっている
だが何を？　孤独という死児を？

まっ黒な穴のような絶望を？
目覚めたあなたは　私のことなど知らない
私の落ちつくところは　何処にもない
墓の中は暗く湿って　居心地の悪いところ
私を　じゅうぶんに殺してください

5

墓は　暴《あば》かれなければならない
死者は　鞭打たれなければならない
骨と記憶は　砕かれなければならない
打って　打って　打って　打つ手が痺れきるまで
砕いて　砕いて　砂と見分けがつかなくなるまで
そうしないと　死者は私たちに立ちはだかる
死者は突然　生から疎外されたことで
生きていた時以上に　嫉みぶかくなっているから
嫉みは腐敗菌のように　増殖するから
嫉みはけっきょく　誰のことも倖せにしない
生きている私たちも　死んだ彼ら自身も
砕かれて　微塵になって　死者はやっと解放される
墓の上を　やすらかな天が流れる

6

人は　猿のようにしゃがんで　脱糞する
いきむ　わななく　屁《ひ》る　糞《ま》る
いや　猿を瀆《けが》してはならない
人は　人として　脱糞する
いきむ　わななく　屁る　糞る
脱糞する人は　脱糞することに集中
全身　糞となって　発光している

7

子供の頃見た　道ばたの交尾する犬
その悲痛な表情が　ふと思い出される
なぜ　そんなに涙をうかべて訴えるのか
幼い私は　しゃがんで覗き込んで　訝しんだものだが
いまにして思えば　訴えていたのは後年の私
その二匹は　鏡に写った交尾する私と誰か
お願いだから　私の生存の恥しさを見ないで　と

取り囲む目たちにむかって　哀願していたのだ
幼い私は知らなかったが　ピュタゴラスは知っていた
だから　道で涙を流しながら　説教したのだ
なぜ　お前の父母である犬を撲《ぶ》つのか
お前自身である犬を辱めるのか　と

8

見えない上天の砂あらしのため
太陽は　白を通り越して　青く冷たい
その青い円形を　ひたすら目指して
私たちの車は走る　来る日も　来る日も
滲む円形は　なかなか落ちない
落ちてからも　しばらくは明るい
それから　急にとっぷり暮れる
暮れてから　私たちは市《まち》に入る
市は　青い光を発している
たぶん　沈んだ太陽の支配する市
青い冷たい光に　熱烈に迎えられて
宿をとる　食べる　浴びる　眠る

砂まみれの　衰弱した太陽　をまねて

9

シャワーを浴び　ベッドに身を投げ出し
わが足を　眺めるともなく　眺める
臑《すね》も　蹠《あしのうら》も　燥《かわ》ききって　皺が走って
まるで　昼間見た　沙の中の樹の皮膚
最も卑しい存在態であるはずの自分が
高貴な生命に似ていることが　奇妙にうれしい
あの樹のように　千年生き　立ち枯れて千年
さらに倒れて千年腐らないことは　不可能だが
解体して　砂と一つになり　風にさらわれ
流れる天の一部になることなら　出来るかも
生きることは　そのための予行演習
ついに青い無になるための　エスキース

10

大きな亀甲形の煉瓦の道は　歩いていい
(小さな長方形の煉瓦の径《こみち》には　入るな)

大きく開いた扉の中は　覗いていい
（きみは計算機で歓迎されている）
小さく開いた扉は　叩くがいい
（中では　主人が茶を喫《の》んでいる）
固く閉じた扉の前は　行き過ぎよ
（いるのは　女たちと　子供たちだけ）
きみは奥の闇に招かれている
（鞘から抜かれた鋼《はがね》が　きみを待ち受ける）
きみは何処からも招かれていない
（扉の外で旅人　きみは安全だ）

11

泥の家は年がら年じゅう　埃っぽいが
人が土から捏ねられたことを　思い出させてくれる
雨がつづくと　潰れてしまう怖れがあるが
肉体が壊れやすいことを忘れぬために　いい
埃に住む人は　埃の中でまぐわい
埃の上に　濡れたものを産み落とす
子供はみな　泥人形のように愛くるしい
泥人形は成長して　泥の人になる
泥の老人になり　泥の死体となる
人生は　ついに泥のようなもの
泥の暮らしから　抜け出したつもりで
見下ろしている私たちに　人生はない

12

ナン造りは小麦粉を捏ね
肉屋は肉塊に鉞《まさかり》を揮い
陶工は轆轤《ろくろ》を蹴り
織師は杼《ひ》を走らせ
さて　詩人は何をする？
彼はだんまりを決めこむ
言葉に　そう簡単に来られても
困るので

詩人を殺す　駱英に　唐暁渡に

十一月の北京《ベイジン》で　私たちは
詩の病状について　論じあった
詩は　覆いがたく病んでいる
病勢は　加速度的に進行している
内側から蝕まれ　瀕死の状態である
私たち　詩人は　何をなすべきか
私たちは　小委員会で額を集め
大委員会で唾を飛ばしあった
熱しすぎた頭を冷やすために
私たちは　外気の中へ出た
北京秋日《ベイジンチュウリイ》から　およそ遠い曇天
腐った溶き卵のような光の下
街路樹が葉を落とすのを必死に堪《こら》えている
ブルドーザーが　あちらでもこちらでも
音を立てて　街の幽魂を壊している
壊している者は　私たちとは別の
誰かではない　私たち自身なのだ

詩を蝕んでいる勢力とは別に
詩人たちがいるわけではない
私たち　詩人が蝕んでいるのだ
私たちは用意されたバスに乗って
最後の皇帝たちの離宮に行った
天を窺う山閣のいただきに登り
地涯までつづく人工湖のほとりに立った
その水に百年前　ひとりの詩人が身を投げた
長らく謎だったその理由が解けた気がした
その頃すでに　詩は救いがたく病んでいた
病因はほかでもない　詩人なのだ
詩人が内側から　詩を蝕んでいる
詩を救うには　詩人を殺すしかない
彼は投身することで　詩人を殺したのだ
少なくとも彼の中では　自分を殺すことで
詩は健やかによみがえったにちがいない
黒い漣《さざなみ》が　そのことを囁いている
翌朝　私たちは初雪の北京を後にした
一年後　十月の東京で再会する私たちの

議題は「詩人を殺す方法」になるだろう
ならなければならない
私たちの中の詩人を殺す以外に
詩を救う方策はない

永遠まで　モンゴルの詩人たちに

蒙古野《もうこの》に朝の雪ふり愛惜《あたら》しきいのちを思へあたらその
死を

夜遅く着いた　十月初めの旅人に
今朝この国の　今年はじめての雪
雪の清浄な白はなぜか　その上に散った
血のあざやかさを　幻視させる
この国近代の　今日までの八十年
流された無辜の　おびただしい血
赤い英雄*の赤とは　けだし彼らの血
無名の数えきれない彼らこそ　赤い英雄

*

百八まで卿《きみ》らは生きよ吾《あ》は間なく終らむといふ火酒ま
た呷《あふ》り

この国の詩人たち　老いも若きも
揃って　なんと腹が出て　酒好きなこと
英雄の名を戴く*火酒を　のべつ呷《あお》り
客のわれらにも　イッキ飲みを強要
酒なしに詩が書けるか！　と嘯《うそぶ》く
そのくせ　ときに小声で嘆息する
おれたちは飲みつづけて　遠からず死ぬ
きみたちは百八歳まで生きるがいい　と

*

喉音に富む語音鋭《ごいんと》くかつ粘く食ひ入りにけり脳《なづき》深くも

アヨルザナ・グンアージャヴ*
きみは　古代匈奴《フン》の端正な容貌を

雪解けモスクワ仕込みの　ラフな瀟洒にきめて
口から出るのは　雨粒や草花の繊細
この齟齬《アンビバランス》は？　それこそわれらの誤解？
きみの遠祖たちは　類いない繊細と豪胆で
またたく間に　両大陸を席捲
またたく間に引いて行った
その寡欲と大欲　新しさと旧さ
二つはたぶん　別のことではない

＊

野を拓き大路を通し廈《いへ》連ね都となしし経緯《ゆくたて》は見ゆ

この丘*から見渡す　都の全体は
建設八十年の現在も　急拵えの印象
それ以前は　包《ゲル》の集団ごと
百キロ　二百キロ　移動する都*
さまよいつづける都だった　という
そのことをもって　異形とは片付けるな
さまようことこそ　はるかに自然
人間じたい　生命じたい　つねに
未生《みしよう》から生へ　生から死へ　死後へと
さまよう途中であることを思えば

＊

石積みし塞塚《オボ》おろがむは曠野《あらの》行く草枕旅の寧《やす》かれとこ
そ

この国の草原の上には　そこかしこ
オボ*と呼ぶ　小石を積みあげた塚
旅人は　辺りの小石を　拾うこと三つ
塚をめぐるごとに　一つを投げ上げ
合掌することを　三たび繰り返す
二十一世紀の旅人は　何を祈ろうか
この民族の将来の　寧らかな日日？
人類の明日の　ひたすら苛酷な時間？

＊

饗《もてな》さむ羊殺さむ見にこよといふ遅るるにすでに肉片

ドラムカンさながら　大きな罐《かま》
途中に止めた　岩乗な鉄網《かなあみ》の上
赤熱した平石《ひらいし》を　敷きならべ
割《さば》きたての羊肉《ひつじにく》を　置きならべ
さらに焼石を　さらに羊肉を
重ねて焼石を　重ねて羊肉を
しめくくりに　人参　藷　玉葱
それからまた　赤熱した平石
ほどよく焼けたところに　ざあっと水
勢いよく立つ湯煙　名づけてホルホグ*
旅人は言葉もなく　食べつづける
ホルホグ　ホルホグ　ホルホグと

*

遠鳴くは狼かはたそに吠ゆる家犬か冴ゆる万星《ばんせい》がもと

包《ゲル》では夜じゅう　絶やさず焚き
ダウンジャケット上下のまま　就寝

降るほどな　冴え返った星星のもと
遠い山巓で　狼*が吠え
近くの集落で　家犬が応え
あれは　犬の血と狼の血が　源《みなもと》に還りたく
激しく熱く　呼び交しているのではないか
ぼくは　極北の草原で　夜じゅう眠らず
われらの窮極の故郷　アフリカを
アフリカの原妣《おおはは》を　思いつづける

*

囚われの若鷲いたく羽搏《はう》つとき囲《かく》むわれらの老い妻まじき

英雄が生まれ育ったという　原野
十三世紀復元村*の　ひとところ
岩山を壁として　設けられた木の檻
中で叫び羽搏つ　若く慓悍な鳥の王が
七百年前の英雄でないと　どうしていえる？
檻の外からそれを見るわれらが　彼に蹂躙された

土を耕す者でないと　どうしていえる？
ただ一つ確かなのは　その上の雲一つない天空
天空ですら　空気ですらない　空《くう》の空《くう》

＊

散文が農耕ならば詩はけだし遊牧　天を指せとどまら
ず

けれど　ぼくが帰ってきたのは　ニッポン
その昔　元の大都に辿り着いたヴェネツィア人《びと》が＊
都大路の実体のない噂を　膨れあがらせ
でっち上げた黄金の国　そのじつ蜃気楼の　靄の国
もともと水草を追って　定耕することのない
かの国の　いや　かの国境《くにざかい》持たぬ遊牧の民にとって
大都が　かりそめの栖《すみか》にすぎなかったように
われらも　ここを故郷と思ってはいけないのだろう
詩という幻を追うことは　定住でなく漂泊
いつまで？　死ぬまで？　死んでののち
終ることない　気の遠くなる永遠まで

NOTE

＊赤い英雄　モンゴル語でウラン・バートル。共産主義独裁時代喪われた命は数万とも数十万とも。
＊英雄の名　モンゴリアン・ウォッカの名はチンギス・ハーン。その澄明感、ロシアのものに劣らない。
＊アヨルザナ・グンアージャヴ　一九七〇年生まれ。その詩は繊細。
＊この丘　ウラン・バートル郊外ザイサンの丘。
＊移動する都　水草を追うさまよえる都はかつてオルゴ（大包）と呼ばれた。
＊オボ　仏教伝来以前のシャマニズム信仰の対象。わが国の道祖神《くなど》、賽塔《さいのとう》のたぐいか。
＊ホルホグ　モンゴルの代表的ご馳走。保養地テレルジのツーリスト・キャンプで。
＊狼　モンゴルにはげんざい推定数千頭が生息。集団でしばしば家畜や人を襲う、という。
＊十三世紀復元村　チンギス・ハーン生育の本拠地は見渡す限りの大曠野の中。
＊ヴェネツィア人　一二七四年、元に入り十七年間滞在、皇帝フビライ・ハーンの高官として仕えたマルコ・ポーロ。その著『東方見聞録』とりわけ「黄金の国チパング」の記述は大航海時代を齎した、とされる。

学ぶということ　大野光子に　栩木伸明に

香るパン　コーク

その女　フランスはナンシー生まれ
二つの小さな海をこの市《まち》　コークに渡って来て
ここでパンを焼き　道ばたに並べて売った
埃っぽい赤毛で　怒りっぽかったという
私は想像する　赤いパン　怒りっぽいパン
とっつき悪く　しかし　滋養に富んだパン
彼女のパン竈址《がまあと》と　一つづきのギャラリーでの
今晩の朗読には　ぜひパンの詩を加えよう
反対側の大きな海を渡った大陸の　広い屋敷
家ふかく籠《こも》った婦人が　まいにち焼いたパン
そのパンの香りを　いま嗅ぐことはできないが
彼女の書いた詩なら　いまも馥郁と香っている
さて　彼女のパンと詩との香りを讃える私の言葉が
香るかどうか　いささかの滋養があるかどうか
二つの香ばしい魂の加護を　願うとしよう

叙事詩漂流　キンセール

海も陸も荒れ狂った一夜が明けてみたら
晴れた空の下　帆船一艘　丘の上に乗りあげていた
そんな趣きの　海を望むパブ　スパニョーラ亭
店の外のテーブルで　私たちは待ち受けた
ウリッセースの二倍の漂流から帰還した吟遊詩人を
やがて彼はやって来た　自転車を辷らせて
焼け焦げのあるシャツ　ほつれたズボンで
彼の長大な叙事詩に　じっくり耳を傾けるには
やはり　店内の昼の闇のほうが　ふさわしい
まず　黒ビールのグラスを高くさし上げ
それから　おもむろに声の出るのを待つ
俺の最初の漂流地は　永遠の都ローマ
出会った最大の怪物は　エズラ・パウンド
エリザベス精神病院軟禁中から　文通して
解放後は引き取って　いっしょに住んだ
エズラの死後は　カイロに行ったり
ニューヨークで古典を教えたり

フェリーニの『甘い生活』は見たかい?
ラスト・シーンに　若い詩人役で出てるよ
ところで　ここのパブの名前だけどさ
『宝島』の海賊船で　おなじみだよな?
そのはずさ　スティーブンスンは　ここで
冒険譚の構想を思いついたんだからね
執筆中という回想録が完成するのは　いつのこと?
彼の話も酔っぱらって　どんどん漂流しはじめる

モナ・リザの尻　キャシェル

石組みの壁だけ　扉もない　天井もない
幾百年前とも知れない　昔の修道院址《あと》を
ここが主祭壇　ここは修道士らの祈禱席かと
上を見　下を見　歩きめぐっているうち
豈計《あにはか》らんや　私たち一行五人は囲まれていた
四方から　等しくこちら向く乳牛たちの眼に
内心びくびく　しかし　気づかないふりをして
ここは食堂　あそこは修院長室だろうかと
もう一めぐりして　出ようとするが
頭に二つの角を戴く　無表情の貴婦人たちは
動いてもいないどころか　ひしひし数を増している
牛のモナ・リザ　つまり　こちらがどこを向こうと
彼女たちの眼は　変わらずこちらを見ているということ
同時にまた　その微笑とも見える無表情の内側で
何を考えているのか　推測も不可能ということ
こうなったら持久戦と　悲愴な決意をする間もなく
大きな顔の一つが群を離れ　ゆっくり歩き出し
ほかの顔たちもそれに従い　いつのまにやら
見えるのは　遠ざかりゆくモナ・リザの尻ばかり
彼方には　夕暮の菫いろの山や青い河のたぎち
その幽邃　レオナルドの謎の背景にも劣らない

操舵室にて　ダブリン　ヒーニー邸

浄罪山《プルガトリオ》に登るウェルギリウスさながら　階段を上り
あなたが先導する二階　その上のさらに細い階段
上りつめたところは屋根裏　しかし　なんと明るい
そのはずだ　屋根の勾配に穿たれた大窓二つ
窓のむこうは通りを超え　向かいの屋根を超えて

晴れわたったダブリン湾　外洋のアイリッシュ海
だが　それは見える海　その先には見えない海
そうなのだ　ここは操舵室　主《あるじ》のあなたは操舵手
船首が進む分だけ遠ざかる　詩《ポエジー》という港へむかって
あなたの終わりのない航海を守る御符たち
おかあさんのポートレート　はじめてのベビーシューズ
ダンテの肖像　テッド・ヒューズの写真もある
あちらにもこちらにも棚　あそこにもここにも机
棚には読みさしの本　机には書きかけの言葉
これらの乱雑　これらの混沌こそが　あなたの航跡
見ているだけで取りついてしまった　快い船酔いを
遠い自分の机まで持ち帰りたいものと　目をつぶる

木と人　シェイマス・ヒーニーに

あなたはカシの枝をたたえ
ぼくはヤドリギの葉叢をうたう
たかが木の枝とはいうまい
いつも彼方からぼくらを招く手
よい香りのする　緑の魂なのだ

旅の日日がかさなるにつれて
そのことが　はっきりわかった
行く先先に　深い木蔭があって
ぼくらを待ち受けていたからだ
その懇《ねんご》ろなもてなしに応えるのに
ぼくらは何をして来たか
鉞《まさかり》をもって　幹を切り倒した
ナイフでもって枝を払った
あげくに　その下で語りあう
読み　考える緑のないのを嘆く
むしろ　声を挙げて哭くべきなのだ
寛大な庇護者を殺したのだと
敵を殺す者は敵に復讐される
しかし　庇護者を殺した者には
殺されるやすらぎすらもない
影のない曠野《あらの》をさすらいつづけ
永遠に死ぬこともできない

祝福　ウェールズからイングランドへ

こんなに気持よく晴れた日のまっぴるま
緑の野を走る私たちの列車を止めたのは　誰だ
驀進する先行車の正面に跳び込んだのは　誰だ
あまりに長い停車に　乗客たちはホームに下り
所在なげに歩きまわったり　空の奥に見入ったり
ぼくはひとり座席に残って　勝手に想像する
その不届きな人物は　人生に何の不足もない若者
自分を取り巻く世界が　あまりにも甘美すぎるので
甘美に耐えず　時間を止めたのではないか
そうだとしたら　その甘美な時間停止は
私たちへの　私たちの旅への　こよない祝福
この祝福に勇気づけられて　私は出発しよう
彼とは違って　私は頽齢　日日は不安でいっぱい
それにもかかわらず　いや　それだからこそ
旅は　思いがけない待ち伏せに　満ち満ちている
明日は　どんな小鳥が　散策の先駆けをするか
明後日は　どんな木蔭が　通せんぼをしているか
私は進んで　迷路の光まじりの闇に　入っていこう
たとい　その先に　柘榴を持つ冷笑が佇《たたず》むにしても

学ぶということ　オクスフォード

大学の町を迷っていて　突然出た明るい墓地
五月の草花が乱れ咲き　蜜蜂が羽音を震わせる中
碑銘板に背を凭《もた》せ　墓蓋に腿を伸ばして
テクストを読むのに余念のない　髭の若者
隣の墓蓋には少女が腰掛けて　ヘッドフォンに瞑目中
向いあった墓に胡坐《あぐら》して　議論に夢中の二人もある
通りかかる大人の誰一人　咎める者もない
咎めないのは　蓋の下の死者たちも同じ
若い体温の密着を　むしろ悦んでいる面持ち
生は死と　死は生と　いつも隣り合わせ
学ぶとはつまるところ　その秘儀を学ぶこと
生きて在る日日も　死んでののちも

ぼくはいつか　アイルに

ぼくはいつか　見たことがある
はげしく吹きつける雪片《ひら》の中
せめぎあい　ぶつかりあう枝角《づの》
吐き出され　たちまち霧粒《つぶ》となる息と唾《つば》
大きく見ひらいた　血走った目　目　目
吹雪の森を抜け　凍てついた川を渡り
進む　進む　けもの　けもの　けものの群
群に寄り添い　群を守る毛皮の人の群
雪に国がなく　けものの群に国境《くにざかい》がないように
毛皮の人群にも　国が　国境がない
その群に産み落とされたきみの　国　国境は
絶えず移動する国　安定を知らない国境
ある日　その移動する国境からすら離れ
きみは住みついた　極北の海のほとり
寄り添うものを殺して食わねばならぬ
群の掟に耐えられなくなってのこと
そこはたしかにひとつの国に属していたが
きみにとっては　何処でもなかった
何処の国の住民でもないきみを　容赦なく
闇の夜のトラックが襲った　はねあげた
ひとつの国に属し　重力を持つトラック
はねられて　無重力になったきみは
天からの手紙のよう　ぼくらの前に降り立った
ぼくらと　五行三行の言葉を交わしあうために
いや　きみ自身が言葉　言葉の理想の無重力
きみのおかげで　ぼくらの共同詩は翼を持った
朝　目を覚ますと　きみはいなかった
間もなく届いたのは　きみが飛行機に乗り
飛行機を降り　友達の家で仮眠を摂り
仮眠の中で　さらに遠い何処かへと
発って行った　という報らせ——だが
すでに　ぼくらと言葉を交わしていた時
きみは発っていた　のではなかったろうか
発っていたきみの記憶に　記憶の気配に
ぼくらは立ち会った　のではなかったか
あれから四年　年ごとに透明になるきみの

気配の記憶に　ことしまた　はじめての雪
降りつづく雪の中で　国もなく　国境もなく
ぼくらが　習いおぼえなければならないのは
絶えず発つこと　発って無重力になること
無重力ですらない　透明な無の翼になること
無の翼でいっぱいの天《そら》に　宇宙になること

付記
アイルは通称。本名はニルス・アスラク・ヴァルケアパーといい、トナカイ遊牧民サーッミに属する。彼らはノルウェー、スウェーデン、フィンランド、旧ソ連領を行き来する超国籍者だが、アイルは家族同様のトナカイを殺して食べなければならない群の掟に耐えられなくなり、群から離脱してノルウェー北岸に移住した。ある夜、道路を歩いていてトラックにはねられ、九死に一生を得た。二〇〇一年、大岡信が主宰するしずおか連詩の会に招かれて来日、大岡信、木坂涼、カイ・ニエミネン、高橋睦郎といっしょに連詩一巻を巻いた。大岡さん主宰の連詩は長連五行・短連三行から成る四十連が現行一応の定型で、アイルの担当した連はどれもエーテルのように澄みきって軽やかだった。私たちが共に過ごしたのは十一月二十日から二十四日まで。アイルは通駅者の大倉純一郎さんと二十五日にヘルシンキに着いて大倉さん宅に一泊、翌二十六日午後三時ごろ、すこし眠りたいといって寝室に入り、そのまま亡くなった、という。

六月の庭　脇田和さんの九十歳の誕生日に

六月の朝　私は生まれた
私の誕生によって　六月の庭は赤い
揺籃　寝台……など　海の向こうの家具を運ぶ
荷物船は　朝焼けに酩酊した湾に　山のように停泊して
赤いタウル寝巻の産褥の母は　私を見てほほえみ
赤い蝶タイの家具商の父は　出納簿に朱を入れる
制服の兄と姉たちは　トランプのハートの札だの
ダイヤモンドゲームの駒だの　赤いものが好き
生まれたての猿のお尻のような弟に　触りに来る
私の赤い眠りと目覚めには　すでに約束されている
幾十もの夕焼けを走り抜ける　旅客船での長い旅と
ストーブの赤赤と燃える教室での　木炭紙に向かう日日
が
私の見えない窓辺には日ごと　見えない赤い小鳥が来て
私と枕を並べたまだ若い母を　赤い唄で祝福するのだ
お前の二番目の息子は　絵筆によって立つだろう
内側に血の差す優しい妻を娶り　二人の息子を成し

赤い戦争と赤い病気を乗り越えて　長く生き
あまたの色の絵を描き　赤い六月の庭を描くだろう
庭のいのちと歓びの迷路に　多くの客を招《よ》ぶだろう

読む人　または書刑　草森紳一に

文字が発明され　意味が発見されて
人間の罪悪と世界の不幸が　始まった
知らなかった時の無辜と浄福を思うには
ひたすら読む　読みつづけるしかない
読んだ書物は端から積んで　天井に届き
さらにあらたに積みつづけて　壁面を侵す
食うための場所　寝るための空間など
書物に占領され　疾うに消え失せた
幾十幾百とない書物の塔の　僅かな隙間に
尻を置き　脚を抱いて　膝の上で読みつづける
読んで夜もない　読みつづけて昼もない
読んで昨日もなく　読みやめず明日もない

読みながら消耗し　衰弱して　いつか倒れ
そのまま死ぬだろうことは　わかりきっている
文字を案出し　書物を創出した人間を自覚し
自らに課する刑罰　書刑そのまま屈葬
林立する塔のむこう　沸かしかけて忘れた
いや　塔が崩れて　取りに行けなくなった
空焚きの下のガスの炎が　崩れた書物に引火
炎上してくれれば　これに越したことはない
書物の塔が炎え　文字の煉瓦積みが炎え
人間の原罪と世界の病巣が　炎えつづける
その幻を　鬆《す》になった頭で　ぼんやり夢みる
なおも読み　さらに読み　読むために読む
その姿勢で死に　その姿勢で炎えつづけても
膝の上に書物　その姿勢のまま読みつづける
読んでも　炎えても　書物はひたすら殖え
書物の塔は伸びつづけ　塔は林立しつづける
塔は地球をはみ出し　銀河系をはみ出し
膨張宇宙をはみ出し　だから読みつづける

帰還

かつて神話は家庭のものでした。
——ヌーラ・N・ゴーノル

神話は　王の手から手への長い遍歴ののち
産屋《うぶや》へ　家庭へ　家族へと　還ってくる
老いた家父長は　さながら万神殿の主宰者
綱の先の　はやる若犬たちを　先立て
いつもの日課の夕方の散歩に　出ていく
金色《こんじき》を尽くした　一日の終焉を背景に
樹樹は　小鳥たちを鈴生りに実らせた影
牛たちはうなだれて　つめたい草を喰み
昨日や一昨日と寸分変わらない　穏かな時
だが　同じに見えるのは　覆われた表面だけ
新しい日は旧い日と　まるで別の内面を匿《かく》す
突然　百頭の中の一頭の二つの目が血走る
二百の目がいっせいに　老人と犬たちに向く
脅えた犬たちの吠え声が　亢奮をさらに駆りたてる
驚愕に綱を放して立ちつくす人体に　突進する
仰向けに倒れた顔を　胸を　四百の脚が踏み過ぎる
綱を引きずる犬たちの　嘆きの叫びに導かれて
家族が見いだしたのは　泥と血に荘厳された
もはや　地上には属さない　澄みきった仮面《マスク》
亡骸《なきがら》にとりすがる　古典的な類型に従いながら
娘は　目の前の額が輝く雲の上にあるのを見る
遠く近く　黒い家家の窓に火の色がともり
世界は　始原の濃青《こあお》の時に領じられる

思うこと　思いつづけること　四川の死者たちに

突然、予告もなく、向う側に連れ去られ、生きながら記憶の画面に塗り込められたあなたがたよ。安穏とこちら側にいる私どもがあなたがたにしなければならないことは、あなたがたの有無を言わさぬ、理不尽な受難のさまを思うこと。くりかえし思うこと。

あなたがたの驚愕を。あなたがたの恐怖を。あなたがたの絶望を。あなたがたの無念を。あなたがたにあったはずの未来を。飲まず、食わず、眠らず、思うこと。ひたすら思いつづけること。

それでも、弱い私どもは、飲まずにはいられず、食わずにはいられず、眠らずにはいられない。思わず飲み、耐えられず食い、気づかず眠りこけてしまうだろう。しかし、あなたがたは、飲みたくても飲めず、食いたくても食えず、眠りたくても眠れない。

飲めず、食えず、眠ることのできないあなたがたと、飲み、食い、眠らずにはいられない私どもが和むには……しかし、私どもがあなたがたと和むことは、けっしてありえないだろう。その厳然たる事実を思うこと、避けることなく思いつづけること。

けれども、鈍感な私どもは、思うことに疲れるより先に、思うことに狎れ、思うことの出発点を思い出せなくなってしまうだろう。私どもの中のあなたがたの驚愕は、恐怖は、絶望は、無念は、刻刻に薄れていくだろう。ついには消えてしまうだろう。その時こそ、あなたがたは私どもを罰しなければならない、連れ去らなければならない、誰ひとり思ってくれる人のないところへ。無の底なし穴へ、ひとりひとり突き落とさなければならない。連れ去られ、突き落とされ、とどまる先もなく落ちていきながら、私どもは、自分が何処にいたか、自分が誰だったか、もはや思うこともないだろう。その時になっても、あなたがたの無念は消えることがない。

いまはそのことを思わなければならない。心を尽して思わなければならない。あなたがたが関知しようとしまいと、つづけられる限り思いつづけなければならない。それが私どもがこちら側にいること。等しく、あなたがたが向う側にいるということ。そして、ひとりひとり、ひとりひとりと孤独であるということ。

（『永遠まで』二〇〇九年思潮社刊）

散文

死者の声　冥府の力

　奈良春日大社の春日若宮おん祭に出かけるすこし前だつたから、旧臘十日前後のことだつたと思ふ。夜半、寝ようと思つて二階に上り、寝室に入り寝床に足から入つた。うとうとしかけた頃、気配があつて子供のやうなものが二人だか三人だか、蒲団の中に入つて来た。

　子供のやうなもの、また二人だか三人だかと不確定にいふのは、当方が目をつぶつてゐたからだ。ともかくその二人か三人かは、きやつきやつと笑ひふざけながら蒲団の中をもぐつてあちこちする。やめろよとか、いいかげんにしろとか、当方も嫌ではなく、ついいつしよになつて笑つてしまふ。そのうち目が覚めきり、そのまま階下に下りてお茶を飲んだ。ふたたび二階に上がるともはや怪しい気配はなく、私は朝までゆつくり眠つた。翌朝からだ、祝詞《のりと》、催馬楽《さいばら》、東遊歌《あづまあそびうた》……など、古体の日本語詩が矢継早に堰《せき》を衝くやうにあふれ出て来たのは。

　事態が一段落して気がつくと、裏山に登る気になつてゐた。湘南逗子の谷戸《やと》内《うち》に移つて十五年、いつも気になりながら登つたことのない、海抜百メートルそこそこの丘のやうな裏山だ。二年ばかり前、山上に前方後円墳が二基発見され、登り道も整備されて年輩のハイカーたちが登るやうになつたが、それでも登らうとはしなかつた。それが、今日こそは登つてやらうといふ気になつてゐた。以前登つたことのあるアシスタントの若者が先導役を買つて出てくれて、自分の気の変はらないうちに登ることにした。

　わが家から百歩あまりのところにある、某宮家別荘跡の野外教育センターから、整備された段道《だんみち》を二十段ばかり上ると徳川本家別荘跡の庭の外れ、そこからさらに段の付いた道を上ると、道は途中から普通の山道になつてゐる。雑木と雑草の中を歩くこと十五分、上りきつたあたりにはつきり前方後円のかたちの丘があり、その先端に木造の展望台があつて、そこから逗子湾と鎌倉の海、その向かうに江ノ島、そして富士山が遠望できる。これが第二古墳。そこからさらに十分あまり歩いたところに第一古墳があり、かすかに東京湾が望めた。心のどこかに引つかかつてゐた二つの古墳の訪問を果たして、晴れ晴れとした気分で山を下りた。

　このことと前夜の出来事とどんな関係があるのか。あの悪戯《いたづら》好きの霊たちが裏山の古墳からやつて来て、私に時ならぬ古体詩の豊穣を齎《もたら》してくれた、といふのか。そもそも前夜の出来事じたい、書かなければならないといふ自分の中の衝迫観念が産んだ夢まぼろしに過ぎないかもしれないではないか。じつはつい一箇月ほど前、私のこれまでほぼ四十五年間にわたつて断続的に書きためて来た短歌・俳句以外の古体の詩歌、長歌《ちやうか》、今様《いまやう》、能、狂言、狂言小謡《こうたひ》、隆達節《りゆうたつぶし》、常盤津《ときはづ》、地唄《ぢうた》、端唄《はうた》、童唄《わらべうた》……などを一冊にした本の出版の話が起き、これに祝詞や独吟歌仙などの新作を加へられたら、と思つてゐたのだ。その気持が詩霊の幻を呼び出した可能性はおほいにありうる。

　しかし、それにもかかはらず、私は詩作における死者の力を信じてゐる。といふより、死者の力を借りなければ詩作は不可能、と思つてゐる。もつといへば、自分たちが生きてゐることじたい、死者たちが死んでくれてゐるおかげ、その典型例が言葉で、死者たちが残してくれた言葉を使つて詩作することがまづ死者のおかげだが、死者の力を借りることで言葉はいやさらに生きてくるはずだ、と信じて疑はない。

　いくら高年時代といつても、私くらゐの年齢になると、知人や友人との死による別れは寡なくない。私は彼等・彼女等との別れのたびに、よかつたら僕の家に来てもいいよ、その代はり僕の仕事を助けてほしい、と言つてゐる。そのせゐかどうか、霊感の強い人はわが家に来るなり決まつて、この家にはずゐぶん沢山霊がゐる、と言ふ。霊だつて時に賑やかなことが好きだらうから、山陵から霊たちがやつて来て、もとからゐる霊たちに加はつたとしても、べつだん不思議ではない。

　山陵詣でから何日か経つて旅に出た。旅は滋賀・京都・奈良・富山の旅で、滋賀は甲賀郡信楽《しがらき》町桃山《ももやま》といふ、見渡す限り森と空ばかりの山深い地にあるMIHO MUSEUMの「白洲正子の世界」展最終日を覗くため、奈良は春日大社の若宮おん祭に参列するためだつた。

「白州正子の世界」展では、自分といささかの縁《えに》しがあり、二年前に新しい死者となつたばかりの人の生前の声を録音再生のかたちで聞くことができた。その声が能楽について語る声だつたこともうれしかつた。私の考へるところ、能楽は死者と関はること最も深い芸能だからだ。

　若宮おん祭では、若宮社よりお旅所《たびしよ》へのみ霊遷《たまうつ》りからお旅所より若宮社へのみ霊還《がへ》りまで付き合ひ、直会《なほらひ》に出席した。香を炊《た》きしめられた神体が榊《さかき》を持つた神官たちに十重《とへ》二十重《はたへ》に包まれ守られて移動するさまはさながら森の移動で、私たちの遠い祖祖《おやおや》の霊魂観・他界観を目《ま》のあたりにする思ひだつた。おそらく死者の霊魂の赴く冥府とは無限遠の彼方にはなく、村落のすぐ近くの森や山の中の墳《つか》の石扉《いはど》の向かうの親しい闇だつたのではないか。さういふ親しい霊魂だからこそ、仮宮《かりみや》に移しその前で神楽を奏し、舞楽を献ずるのだらう。お旅所前で昼すぎから深夜まで催される芸能を、私はさういふ気持で受容した。

　突飛な連想と思はれるかもしれないが、私はその時、ジャン・コクトーの映画「オルフェ」の一場面を思ひ泛べてゐた。ジャン・マレエ扮するオルフェが、死のプリンセスの運転手ウルトビーズの投げてよこした手袋を受け取つて嵌め、手袋を嵌めた両手から鏡面のむかうの薄明の世界に入つて行く、例の場面である。あの場面はコクトーという才人のエスプリの面から語られることが多いやうだが、私にはむしろ詩人の本質をいふためのコクトーの深い用意に思へる。そもそも詩にも小説にも舞台にも絵にも、さらには映画にまで手を出す手品師的才人といはれたコクトーのありやうじたい、詩人の本質的ありやうではないか、と思はれるのだ。

　詩人（＝poète〈poiētēs〈poieō）とは語源的に作る人の謂だ。詩人は作ることとの諸般に興味を持つ。しかし、その中でも言葉で作ることに興味の中心があるのは、作ること一般の根本に言葉が深く関はつてゐるからではないだらうか。人類は直立して歩くやうになつて両手が使へるやうになり、ものを作りはじめた、といふ。しかし、いつそう根本的には、直立して歩くやうになつて自分の属する大地とのあいだに距離が出来、伸縮する距離を繫ぐものとして言葉が生まれ、言葉に促されてものを作るやうになつたのではないか。

言葉に促されて作つたものの窮極には文字がある。現代の先端思考、先端技術もすべて言葉によるもの、文字によるものだ。しかし、その言葉を生み、文字を生んだのが遠い祖祖、つまりは死者たちであり、死者たちに聞かなければ、言葉や文字はいのちを失ひ、滅びにいたる思考・技術となり果てるのではないか。コクトーのオルフェが、そしてその原型であるギリシア神話のオルペウスが冥府下りするのは、シナリオのプロット、神話の筋とは別に、言葉や文字の原初の力を確かめに赴くのではないか。

私もまたオルペウスの流に繋がるはしくれだとすれば、少年時代からいはゆる現代詩を読み書きするいつぽうで、短歌、俳句を含む古体の詩歌に惹かれ、読みつづけ準《なら》ひつづけたのは、かならず意識せぬところで死者の声に聞き冥府の力を頼まうとしてゐたからにちがひない。さらに加へて言へば、それに先立つて読み書くことを習ひ覚えたのは、これまたかならず深いところで自分といふ地獄から解放されたく、死者たちが遺《のこ》した詩歌の諸形式に自分を託し、持ちさすらひ失つてもらひたかつたからだらう。

言ひ換へれば、人間にとつて地獄とは地上の生、とりわけて自分の中にある。この自己といふ地獄の様相をいやさらに深刻にしたのが言葉であり、文字だらう。この深刻化した地獄から自由になるために、深刻化の元兇である言葉と文字に、それらが齎《もたら》した詩歌の諸形式に自分を委ねるとは、詩人とは何といふ倒錯した存在なのだらう。その意味でも、すでにこの世から、この世における自己といふ地獄から自由になつた死者の声を聞き、反地獄である冥府の力に頼むことが必須だ、と私には思はれる。

さういふ思ひが極まつて呼び出した、あるいはでつち上げた霊たち、いや、二つのことは二つでなく一つだらう。いづれにしてもこれらの古体の詩形式を私に齎し、片時にもせよ自己からの解放の時を与へてくれた霊たちに、私は深く感謝しなければなるまい。

平成十三年一月　　　逗子星谷書屋　高橋睦郎記

(『倣古抄』二〇〇一年邑心文庫刊)

作品論・詩人論

高橋睦郎氏に36の質問

田原

問1＝一九五九年二十一歳の時、処女詩集『ミノ・あたしの雄牛』を出版されましたが、その詩集に十四歳で書いたものもあるとあとがきに書かれています。具体的にいつ頃から詩を書き始めたのでしょうか。それから、どういう状況の下で詩を書いたのでしょうか。つまり、最初に詩を書いた時、他の詩人の作品を読んで啓発されて詩を書いたのか、それとも自発的或いは本能的に詩を書いたのでしょうか。

答＝小学二年生の冬？　学校の課題で書かされて。その意味では教師の強制の結果でしょうが、幼少期に叔母や他人の家に預けられて貯めこんだ孤独な感情が機会を得て噴出したとは言えましょうか。四年生になって、毎日午前二時間の自由学習の時間に童話のようなものばかり書いていた。詩を書くことが習慣化したのは中学一年生の冬から。いずれにしても、貧しく孤独な中で手っ取り早く遊んでくれる玩具が言葉だったのでしょう。

問2＝高橋さんの二冊目の詩集『薔薇の木・にせの恋人たち』のために書かれた谷川俊太郎氏の序文を読んで大変感銘を受けました。これは名文だと思いました。この序文で谷川俊太郎さんは一流の評論家でもあると感じさせられました。三冊目の詩集『眠りと犯しと落下と』に三十九歳の三島由紀夫氏が書いた序文もいいですね。共に後世に名を残す二人の序文を読んで、高橋さんが羨ましくてたまりません。当時、谷川俊太郎氏は三十二歳ですが、どういうお付き合いをしていらっしゃったのでしょうか。何故、他の詩人ではなく、彼に序文を書いてもらったのでしょうか。

答＝北九州で高校時代に読んだ『二十億光年の孤独』の印象が強かったせいでしょうか。高校二年の夏に、鉛筆書きの詩のノートを無謀にも高名な詩人三好達治に送りつけて、思いがけず懇切な激励の返事を貰ったことがあり、三好の序文とともに世に出た『二十億光年の孤独』の著者に、勝手な親近感を持っていたということも理由かもしれません。肺結核療養で二年遅れて大学を卒業し、上京して広告制作会社に就職して二年目、詩集をまとめようとしていた矢先、当時前衛芸術の牙城の感のあった草月会館の前衛映画上映の後、席を立った観客の中に谷川さんを見つけ、勇を鼓して自己紹介し、原稿を見ていただけないかとお願いしたところ、送ってくださいという返事をいただき、跋文を頂戴する結果になった。これが第二詩集『薔薇の木・にせの恋人たち』。上梓後何人かに送ったところ、三島由紀夫さんにお電話を戴き、銀座の高級中華レストランでご馳走に与った。その折、谷川の跋文はよかった、でも俺なら別の書きかたをするなあ、と言われた。たまたまその時、次の詩集『眠りと犯しと落下と』の原稿を鞄の中に持っていたので、よろしかったら跋文をとお願いし、十日あまりで跋文を戴いた。これは俺が進んで書くのだから、君は菓子折り一つ持ってきちゃいけないよ、と言われた。さらに次の詩集『汚れたる者はさらに汚れたることをなせ』の澁澤龍彥さんの跋文も含めて、つくづく倖せな出発だった、と思います。もっとも（谷川＋三島＋澁澤）÷3＝高橋という酷評をくれた人もありましたが。

問3＝高橋さんとのプライベートな会話の中で、高橋さんは生まれて間もなくお父さんを亡くされたことを知りました。父親不在の少年時代をどう過ごされたのでしょうか。私はあらゆる詩人にとって、少年時代はとても重要な時期であると思います。ある意味、あとになってから詩人の作品の方向及び質感と大きく関わると考えておりますが。

答＝生後百五日目に父が、百六日目に上の姉が死に、下の姉は子供のなかった叔母（父の妹）に奪われて、母は僕を父方の祖父母に預けて遠い都市に働きに出ました。祖父母はかなりの年齢まで働いていましたから、母の仕送りの一部で僕を叔母や他人に預けました。幼い日の絶望的な孤独の中で、空想することと言葉と遊ぶことを覚えたのだ、と思います。地獄と呼ぶにふさわしい毎日でしたが、自然は五感にしみて美しかったことも忘れません。小学校入学のすこし前、母が中国天津から帰ってきて、それからは成人するまで母一人子一人の母子家庭。しかし、それまで別々だった母にはある種の距離感があり、その距離感がもたらす孤独が、僕を詩に導いてくれた、と思います。

問4＝日本現代詩の詩人の中には、俳句、短歌から能・狂言の脚本、小説、エッセイまで、全般的にこなしている方はそんなにいらっしゃらないと思います。そういう意味でも、高橋さんは稀な存在だと思います。高橋さんの詩には俳句の凝縮されたイメージがありますし、また小説の持つ叙事性も感じられます。現代詩を書くことと、俳句と短歌を書くことの差異は何ですか。

答＝自由詩も、定型詩の短歌も俳句も、早くから書きつづけてきたので、生理化していてごく自然です。書きたいという衝動がおこった時、その衝動が自然に形式を選んでいるので、どの形式で書こうかなどと考えたことはありません。散文についても同じです。これで回答になっていますか。

問5＝つい最近、中国の出版社に頼まれて、李白の漢詩を現代日本語に訳して頂いたのですが、その訳文を読んで、これは高橋さんにしか訳せないと改めて思いました。漢詩に非常に精通している高橋さんにとって、漢詩とはどういう存在なのでしょうか。戦前の日本詩人の中には、漢詩に造詣が深い方々がいらっしゃいます。これは彼らが生きた時代によき漢文教育を受けたことにかかわるでしょう。例えば土井晩翠（一八七一—一九五二）もその中の一人だと思いますが、彼らは漢詩の影響を受けすぎている、或いは漢詩のイメージに頼りすぎていると感じます。彼の詩を読むとすぐこれは漢詩から来ていると分かります。また、日本語の変化や更新のスピードによって、まだ百年足らずしか経っていないのに、今彼らの作品を再び読むと、時代遅れのような感じがします。もちろん、作品が書かれた時代の限界性という問題もあるかもしれませんが。二年前に、中央公論社から出た高橋さんの『漢詩百首』を拝読させていただき、高橋さんも彼らに負けないほど漢詩の知識をお持ちだと思いました。高橋さんが漢詩をうまく解読できるという理由は、おそらく高橋さんが同時に俳句、短歌及び現代詩の作者であるからだと思います。しかし高橋さんの詩を読むと、あまり漢詩の影を感じないのです。漢詩をうまく消化して完全に自分のものにする方法の秘訣を教えてください。

答＝土井晩翠の時代の日本の詩人は、従来の短歌や俳句とは別の新体の詩を確立するに当たって、さまざまな試行錯誤をおこないました。晩翠は漢語調に、島崎藤村は和語調に。理想的な形はむしろ彼らより十五年前に訳詩集『於母影』を著わした森鷗外にあったのではないでしょうか。彼がドイツのレーナウや英国のバイロンの作品を漢詩に、中国明初の高青邱の作品を和語調に訳しているのを見ると、彼の考えていた日本の詩の理想像が見えてくる思いがします。晩翠は行きすぎだとしても、戦後の詩人が漢語からの富を捨てたことは、惜しみても余りあります。僕など遅きにすぎるのですが、なんとか漢語からの富を回復して、日本語詩を豊かにしたい、との思い切なるものがあります。僕が漢詩を消化しえているとはとても思えません。ただ、消化するには漢詩を遠いものと思わず、日本語詩の血つづきだと思うことでしょうか。

問6＝戦前、戦後の日本の現代詩人の中で、最も良いと思う詩人の名前を五人挙げてください。少なくとも健在である詩人を一人入れて下さい。

答＝蒲原有明、萩原朔太郎、吉岡実、田村隆一、谷川俊太郎。

問7＝香港での雑談の中で、ボルヘスから大きな影響を受けたとお聞きしました。実は、ボルヘスが最も推賞するのはアメリカ詩人フロストの簡潔で、素朴かつ意味深い詩です。高橋さんの今まで書かれたものを拝見すると、確かにボルヘスに似ているところがあるのが、よく分かります。特に詩、評論、小説、脚本などを同時に行うところなどがそうです。ここで質問ですが、具体的にボルヘスのどういうところが一番好きですか。ボルヘス以外に、どんな外国の詩人、或いは作家、哲学者、評論家、芸術家の影響を受けましたか。

答＝僕の理解するところでは、世界も自己も虚妄、むしろ虚妄であることによって自己も世界も存在するというのが、ボルヘスの書記の出発点ではないでしょうか。その点に強く魅かれます。他にはゲオルク・トラークル、リルケ、ヘルダーリン、ジュネ、ペルス、ヴァレリー、マラルメ、ロルカ、マチャード、ウナムーノ、パウンド、イエーツ、ディキンソン、ポー、ダン、シェイクスピア、ダンテ、オウィディウス、ウェルギリウス。古代と現代のギリシアの詩人たち・哲学者たち。中国の詩人たち・思想家たち。日本の古典では大伴家持、紫式部、清少納言、和泉式部、藤原定家、世阿弥、芭蕉、蕪村、秋成など。

問8＝最も成熟した作品を残すべき中年時代に、何故、あまり作品を書いていらっしゃらないのでしょうか。その理由を教えてください。もしその時から、完全に詩と縁を切っていたら今この世に生きていらっしゃると思いますか。詩との縁を断ち切ったまま生きていたとすると、今どうなっていると思われますか。失礼かとは存じますが、想像してこたえていただけますでしょうか。

答＝二十七歳から四十二歳までの十五年間は、書いていて自身手応えを感じない大スランプ期でした。それでも止めなかったのは、止めても他に意欲の持てそうなことがなかったこと、同じ頃出発した仮想ライヴァルたちに負けたくなかったこと、この二つの形而下的理由に尽きます。もし止めていればとの想像は、恐ろしすぎて不可能です。ただ、その間、古今東西の古典を読み、内外の舞台芸能を観、国内外を旅したことが、のちの復活のための蓄積になったかもしれません。ただ、猛烈に書いてはいたのですよ。

問9＝もう一回生まれ変わったら、どんな性生活を送ると思いますか。現在と同じように生きたいですか。

答＝性愛たるものは、異性、同性、他の生物、無生物、観念……何にでも向かう。無にさえ向かうと思います。只今の対象は偶然にすぎず、何であってもよい。生まれ変わっても、事情は同じでしょう。

問10＝高橋さんとの雑談の中で非常に驚いたのは、自分のお母さんが亡くなられた時、喪主なのに葬式に出られなかったということです。その原因と当時の心境を教えてください。それから、これも高橋さんとの雑談で知ったことですが、若い時から、何十年間もずっとお母さんに仕送りをしていたそうですね。つい最近出された詩集『永遠まで』の「奇妙の日」という詩の最後の「ぼくの大好きな　たったひとりの／おかあさん」を読んで、とても感動しました。高橋さんがたいへんな親孝行であることがよく分かりました。私は最初、高橋さんから「お母さんのお墓はどこにあるかわからない」と聞いた時、正直にいうと絶句しました。でも「奇妙な日」を読んだあと、私は高橋さんのお母さんのお墓がどこかわかりました。つまり地球がお母さんのお墓になったのだと思います。

答＝母の選んだ宗教が母の葬式に未信者である僕を容れないことがわかっていたから、あえて出席しませんでした。しかし、母はその宗教を選んだのですから、その宗教に送られることが母にはいちばんふさわしいとも考えました。その後、永代供養料を払ったところ、もう母の遺骨には会えないと思ってくれとの通知が来ました。母の墓は息子である僕の記憶です。偲ぶ人の記憶のほか、死者の墓はありません。見える墓はその象りにすぎません。

問11＝谷川俊太郎の詩は半世紀以上にわたって、あらゆる年齢層とレベルの読者に愛されていますが、その原因の一つは彼の詩に「優しさの重み」があるからと思います。わたしはある文章で彼を「アジアのプレヴェール」と呼んでいる。もちろん、児童詩、プロの詩人及び一般の読者向きの作品という詩歌の多様性にもかかわっています。谷川俊太郎の詩で「詩の魅力は感性からきたんだ！」ということが分かりました。今多くの詩人の書いた詩は、ただ易しいだけ、或いはただのわけの分からない文字上の重さ、「実際は錯覚の重さ」だけで終わっているものがほとんどだと思います。時下の多くの現代詩は、「重さ」を避けて「軽さ」を取り上げるか、或いはそれとは逆の姿勢を取ってしまいます。ここでいう「避ける」は一見すれば主観的なニュアンスを持っているようですが、実は「避ける」というのは自覚的なことではなく、詩人の気質、天分及び言語感覚にかかわっています。「重さ」或いは「軽さ」のどちらかを一つ捨てると、後味が残されないか、または分かりづらいということで終わってしまいます。両者のバランスを同時によくとれるかどうかという問題は詩人の能力につながります。ある意味、これは生まれつきの問題で、両者のバランスを簡単に把握できるわけではないと思います。古代の李白、松尾芭蕉、現代のプレヴェール及び谷川俊太郎。彼らの詩は一見すれば分かりやすいが、実は奥深いです。なので、幾年もの歳月が経っていても、彼らは一般の詩人より絶対的な読者を持っています。一人の詩人が偉大だと思われるかどうか、彼の詩が長い間、狭い詩人仲間でなく一般の読者に影響を与えるかどうかということに大きくかかわっています。私は香港で、高橋さんの詩について、どうしても欠点をつけなければならないとしたら、「軽さが足りない」のではないかと冗談半分で話したことがあります。「軽さ」は「浅薄」ではなく、最も多くの読者を獲得する一つの方法ではないかと思います。この詩の「軽さ」についてどうお考えでしょうか。

答＝自分および自分の作品が重いことは認めざるをえません。それだけに軽やかさに憧れます。ついにはひろびろとした無に溶けてしまう軽やかさ。軽やかさといえば、芭蕉が最終的に到達した詩作理念が「軽み」でした。芭蕉も本質的に重い人で、それだけに窮極的に軽さを求めたのだ、と思います。芭蕉の重さと自分の重さを並べるつもりはありませんが、最終的に「軽み」を提唱し、そこで死んだ芭蕉は、僕にとって詩人の生きかたの理想です。詩の読者の数については、詩の表現の可能性を極限まで追求したマラルメに「百人の読者に一度しか読まれないより、一人の読者に百回も繰り返し読まれたい」という至言があり、これにも納得します。しかし、そのマラルメにしても百人の読者に百回読まれたら、一人の読者に百回読まれるよりうれしいにちがいありません。

問12＝高橋さんの詩は年を重ねるほどにその成熟度を増しています。作品を書く時に、今まで書いたものを重複させるのではなく、重ねてきた創作経験と生きてきた喜びと辛さをもっと生かして詩の中に発揮させることは容易なことではありません。一般には年を取ると上昇のできなくなる詩人が殆どです。つまり、創造力が失われてしまうということです。高橋さんは古希を過ぎましたが、年齢を重ねつつも、どうやって創造力を保ち続けていらっしゃるのでしょうか。

答＝訪れる毎日が不安で、不安が僕と世界との関係を新鮮に保っているからでしょうか。毎日出会う人、物、思想、言葉がすべてが不安で新鮮。成熟などしている余裕はありません。

問13＝高橋さんとは何度も一緒に詩歌の催しに参加し、旅したことがありますが、とにかく食欲が旺盛で驚きました。今になってみると、それが創作の旺盛につながっていると感じています。そこから想像するのですが、私生活は私と違った性的趣味できっと激しく旺盛だと思うのですが、私の想像は当たっていますか。

答＝人間の性欲は肉体的である以上に心情的なものと思います。肉体的にいえば僕はむしろ弱い部類でしょう。強いとしたら心情的に強いということでしょう。いずれにしても性は深い闇です。そこからすべてが生まれる深い闇。それを追求するのが、僕のこれからの仕事の大きな一つとなる予感があります。

問14＝詩の本質と詩人の本質を教えてください。

答＝詩は不可知の彼方にあって、予知できない時に突如訪れるもの。もし詩人にとってなさなければならないことがあるとしたら、いつ訪れられても迎えることができるよう、つねに自分を鍛え整えておくこと。意地汚く詩のネタを捜すなど、詩人にとっては愧ずべきことだと思う。

問15＝詩と性はどういう関係性があると思いますか。

答＝人間が性行為によって生まれ、生涯性的な意識から離れられない存在である以上、詩はしばしば性的事象を通して顕われるでしょう。それだけにまた、性を忘れてみることも必要ではないでしょうか。

問16＝文学、芸術においては「生と死」は普遍なテーマだと思いますが、とりわけ、高橋さんの詩に重々しい「死」というイメージがつよく感じられます。これは勿論高橋さんが今まで生きてきた経験、或いは死生観、世界観、価値観などと関係していると考えられます。ある意味で人間は生まれた日から、死に向かって近づいています。死は平等にわれわれを待っていますけれども、以前同じ質問を谷川俊太郎さんに聞いたことがあります。「全然怖くない」という彼の答えが耳に入った瞬間、本当に驚き、絶句でした。死を超えた詩人かなと思ったのです。高橋さんは谷川さんより六歳年下、同じ一九三〇年代の生まれですが、死を恐れていますか。

答＝僕の場合は、死が怖くないとはとても言えません。しかし、正確にいえば怖いより辛いですね。理由は、生きていることが不安も含めてあまりにも甘美だからです。甘美きわまりない人生と別れるのは、辛すぎます。

問17＝私の読んだ日本文学の中では、戦前戦後を含めて三島由紀夫が日本文学者の中のこの上ない天才的存在だと思います。同時に、「三島由紀夫はアメリカ文化の犠牲品」という文芸批評家加藤周一の指摘も理解しているつもりです。彼は努力して小説を書く作家と違って、小説に書かせているような気がします。七〇年代の中国では、反面教材として彼の作品が翻訳されたのをきっかけに、たいへん人気を博した皮肉な過去があります。中国人の作家たちに決定的な影響を与えた日本人作家の一人です。今でも中国の文学者或いは読者の中で、ほかのどの賞を受賞した作家より、愛読され、高い評価をされています。しかし、一部の学者と読者はいまだに彼が軍国主義者だと思っているようです。三島は高橋さんにとって恐らく文学、精神、肉体においても特別な存在だと思います。彼はどんな人間でしょうか、彼の一番いいと思われる作品は何ですか。それから彼に対する一番忘れがたいことを教えてください。

答＝すでに何度か書きましたが、三島さんは自分の生きている実感が持てなかった人だ、と思います。だから、実感を持つために、たえずスキャンダラスな作品を発表、スキャンダラスな行動をした。そのスキャンダルをジャーナリズムが取り挙げると、そのリフレクションによって、つかのま自分は存在していると実感する。しかし、その実感は長つづきしないから、スキャンダルを増幅しつづけるほかなかった。唯一実感が持てたのは最期の割腹の激痛においてでしょうが、一瞬ののちには存在しないわけです。良くも悪くも作者がいちばん現われているのは処女作と遺作。三島さんの場合は『仮面の告白』と『豊饒の海』四部作。仮面を着けなければ告白できない、あるいは仮面を着けた時最も真摯な告白が可能だというのが『仮面の告白』。いっぽう豊饒の海というのは月面の水滴ひとつ無い窪地、そこで起こることはじつは何も起こらないことだというのでしょう。三島さんとの六年間の付き合いの中で忘れられないことは数え切れませんが、ひとつだけ挙げるとしたら、亡くなる何ヶ月か前、「日本にはオリジナルなものは何もない、しかし、オリジナルなものの何一つない日本という坩堝《るつぼ》は、外からさまざまなオリジナルなものを吸い込んで攪拌しては、吸い込んだ時とはまったく別のものにして吐き出す。その無の坩堝こそが日本のオリジナリティーなんだよ」と言われたことでしょうか。その内容の探索がその後の僕の課題でありつづけています。

問18＝現代詩を一言で定義するとどんな言葉でしょうか。

答＝現代という時代とまっすぐ向かいあって詩を求めていれば、生まれるものは自然に現代詩になるのではないでしょうか。ことさら現代性を盛りこもうとすると、貧しい作品しか出来ない気がします。

問19＝高橋さんのお宅に一度お邪魔したことがありますが、テレビが置いてないことに驚きました。のちに知ったのですが、携帯電話を持たない、パソコンも使わないとのこと。まるで現代文明に反対の行動をとっているようです。いま、中国でも日本でも作者は恐らく雑誌、新聞社、出版社に原稿を送るとき、殆ど電子原稿だと思います。手書きの生原稿は貴重だと思いますが、逆に言うと、編集者に迷惑とも言えます。その意味で高橋さんは現代社会に生活している古代人のような感じです。それは何故でしょうか。

答＝パーソナルコンピュータに抵抗があるわけではありません。現在のところ、鉛筆で書く速度と考える速度が同じであること、編集者から手書きでは困るという意思表示がないので、いちばんいい状態で書けるというにすぎません。ただし、現代社会に生きている古代人というあなたの感想は気に入っています。外側の諸条件に関わりなく、可能な限り原質の人間でありたいからです。

問20＝現代詩の一番難しいところは何でしょうか。

答＝現代を超えて詩を目指すこと。

問21＝今まで出された二十六冊の詩集の中から自分が一番気に入っている詩集は何ですか。それから今まで書かれているたくさんの詩作品の中から五篇を取り上げてください。

答＝やはりいちばん新しい『永遠まで』でしょうか。五篇だと「死んだ少年」、「旅する血」、「手紙」、「私の名は」、「旅にて」。やはり新しいところに偏りがちでしょうか。

問22＝インターネットの普及に伴って、ネット詩歌が誕生しています。パソコンと向き合わない高橋さんにとっては縁の遠いものかもしれません。けれども、ネットの存在は無視できない。ただ私はネットの詩に感心しているわけではありません。遠い未来にいくらネットが発展しても、ネットがいくら早く情報を伝達してくれても、現代詩の発表する媒体の紙に取って代わることはないと思います。高橋さんはネットについてどういう考えですか。

答＝インターネットに偏見はありません。いまのところ、自分が無縁であるにすぎません。詩の顕現のためのさまざまな媒体がありえていいと思っています。

問23＝百歳になる自分の自画像を描いてください。

答＝その年齢の肉体的、精神的条件において、全開で感じ、書き、読んでいるでしょう。

問24＝表現することはあなたにとってどんな意味をもちますか。

答＝表現とは自己主張ではなく、自己解放だと思う。ひろびろとした無への自己解放。

問25＝日本現代詩の最新の世代についての感想をお聞かせください。

答＝現代詩の新しい才能の不在が言われはじめて久しい時間が経ちました。しかし僕自身は、たとい時間はかかっても力ある新世代は必ず現われるし、また現われなければならない、と信じつづけてきました。現代詩が現代詩として持続するためには、たえずその時点での現代の新しい力に担われ受け渡されていかなければならないからです。たとえばごく最近出た岸田将幸の新詩集『〈孤絶‐角〉』には、タイトルどおり、孤絶の相において現代詩を担おうとする覚悟が見えて、頼もしく思いました。現代詩の新世代は誰の援けを借りる必要もなく明らかに育っています。

問26＝詩人は現代社会においてどんな役割をしなければならないですか。

答＝すべての人間に、生きることは自己主張ではなく自己解放だ、と認識してもらうこと。

問27＝高橋さんにとって戦前戦後を含めて優れた女流詩人の名前を取り上げてください。

答＝現代日本の分類だと歌人ということになりますが、葛原妙子でしょうか。俳人なら杉田久女。詩人はやはり存在としての多田智満子かな。

問28＝どの国の現代詩にも言える話ですが、詩人はだんだん孤立しています。これは詩人と読者の両方の問題だと私は考えております。想像力と創造性の衰退、詩句のうっとうしい冗漫さ、集団的コピーなどが原因で読者がついてくれないのは当たり前のこと。高橋さんはどうやって詩人と読者の関係を処理していますか。

答＝僕が読者をどう処理しているかは別にして、一般論でいえば作り手と読み手とがおたがいに孤独に徹することで、両側から作品を完成させるということでしょうか。

問29＝高橋さんなりの日本現代詩の発展の足跡を簡潔に描いてください。

答＝日本の近代詩・現代詩の父はヨーロッパの詩、母はニッポンの歌またはニッポン語。その結婚または野合によって生まれた近代詩・現代詩の成長あるいは衰弱の歴史。

問30＝日常生活の中で、あなたにとって最も重要なのはなんですか。

答＝日常出会うすべて。それらを離れた詩的生活はありえない。その出会いの一つ一つを磨くことこそが生きることの内容でなければなりますまい。

問31＝現代詩は地球上の資本主義国家、社会主義国家と植民主義国家によって創られているのではないかと思います。現代詩の誕生する人文的環境、自然的環境、政治的環境などによって多少の差異が生じるのですが、器の大きい詩人たちが表現している主題はそんなに大差がないのではないかと思っています。それらの主題は人類共通の問題意識とそれぞれの喜怒哀楽を述べ表すものです。自己中心のような個人の恩讐に限られていません。つまり、彼らは自分の書いた詩をもって自我超越するのです。詩人はどうやって自分を超えるのでしょうか。

答＝詩人のために詩があるのではなく、詩のために詩人がある。その余のことは詩が考えてくれましょう。

問32＝あなたの詩の中の「私」は現実の「私」に近いですか。それとも想像の「私」と虚構の「私」に近いですか。

答＝現実の「私」と思っているのが、すでに虚構の「私」かもしれませんよ。

問33＝ボルヘスは日本の詩に「対象」だけがあり「比喩」がないと書いたことがあります。この言葉を読むと恐らく彼が日本の俳句或いは短歌しか読んでないのではないかと思いました。日本の現代詩には生き生きとした比喩がたくさんあります。ここでお聞きしたいのですが、文化と溢れる情報のグローバル化によって、定型詩の俳句或いは短歌で現代人の心を表現するのは限界があるのではないかと思いますが、高橋さんはどう思っていますか。

答＝ボルヘスが俳句や短歌を読んだとしても、ごく限られた範囲ではないでしょうか。僕の考えをいえば、俳句や短歌は短く、表現に限界があるゆえに豊かなのです。現代詩に表現できて俳句や短歌に表現できないものがあるように、俳句や短歌に表現できて現代詩に表現できないものもあります。両者の優劣を論ずることは、僕には無意味に思えます。比喩についていうなら、短歌や俳句自体が現実世界の比喩と考えられないだろうか、と思います。

問34＝中国の古典詩と日本の俳句にある「無」を現代詩にどうやってうまく取り入れることができるのでしょうか。

答＝取り入れようなどと思わないこと。虚心に読み、虚心に書く。「無」は取り入れるものではなく、立ち上がってくるものではないでしょうか。

問35＝あなたはこれまでお読みになった中国の現代詩の中で、どの詩人の作品がいちばん印象に残りましたか。

答＝中国のオルペウスともいうべき屈原このかた、中国の詩人には受難の系譜というべき太い流れがあります。ただそれは黄遵憲・魯迅に至るまで官僚または選良としての受難です。ところが、朦朧派以降の詩人たちの受難は民衆のひとりとしての受難であるところに現代詩の特性がある、と思います。代表は海外を流浪した北島と国内に踏みとどまった芒克。そのどちらにも強く魅かれます。最近の北島には苦しい半生を経ての、受難の人生を敢えて肯定的に受容しようとする運命愛の如きものに感動を覚えます。芒克については永らく新作に触れることがなく残念に思っていましたが、先般の四川省大地震の際の追悼詩は他のどんな詩人の作よりも深い悲しみを湛えていて、詩心の健在を実感しました。駱英の新詩集『小さなウサギ』も、現代の終末性を先鋭に捉えていて、驚嘆しました。

問36＝あなたがいままでお読みになった中国の現代詩に限って、日本の現代詩とは相違がありますか。あるとしたら、どんな点でしょうか。

答＝中国の現代詩にあって日本の現代詩にないものは、受難の相に顕著に現われている運命でしょう。日本の現代詩に関わる者のひとりとして、切実に羨ましいのはその一事に尽きます。いまのところ日本の詩人に可能なことは、受難のないことを受難とし、運命を持てないことを運命として生き尽くすことでしょうか。これは考えようによっては、中国の詩人より困難なことであり、したがって生き甲斐のあることかもしれません。

＊本稿は田原氏の中国語訳で「今天」87号、二〇〇九年冬季号に掲載された。

（「現代詩手帖」二〇一〇年五月号）

現代詩文庫　209　続続・高橋睦郎詩集
発行日　・　二〇一五年一月十五日
著　者　・　高橋睦郎
発行者　・　小田啓之
発行所　・　株式会社思潮社
〒162-0842　東京都新宿区市谷砂土原町三―十五
電話〇三（三二六七）八一五三（営業）八一四一（編集）八一四二（FAX）
印刷所　・　創栄図書印刷株式会社
製本所　・　創栄図書印刷株式会社
用　紙　・　王子エフテックス株式会社
ISBN978-4-7837-0987-9　C0392

現代詩文庫最新刊

201 蜂飼耳詩集

『いまにもうるおっていく陣地』をはじめ、この時代の詩を深く模索し続ける新世代の旗手の、今日までの全詩。解説＝荒川洋治、藤井貞和、田中和生ほか

202 岸田将幸詩集

張りつめた息づかいで一行を刻む繊細強靭な詩魂。高見順賞受賞の『〈孤絶-角〉』など四詩集を収録する。解説＝吉田文憲、瀬尾育生、藤原安紀子ほか

203 中尾太一詩集

『数式に物語を代入しながら何も言わなくなったFに、掲げる詩集』で鮮烈に登場した詩人の今を生きる作品群。解説＝山嵜高裕ほか。往復書簡＝稲川方人

204 日和聡子詩集

懐かしさと新しさと。中也賞受賞『びるま』から『虚仮の一念』まで、既刊四詩集全篇を収める清新な集成版。解説＝荒川洋治、井坂洋子、稲葉真弓ほか

205 田原詩集

二つの国の間に宿命を定めた精鋭中国人詩人の日本語詩集を集成。H氏賞受賞の『石の記憶』を全篇収む。解説＝谷川俊太郎、白石かずこ、高橋睦郎ほか

206 三角みづ紀詩集

『オウバアキル』『カナシヤル』全篇ほか、ゼロ年代以降の新たな感性を印象づけた衝撃の登場から現在まで。解説＝福間健二、池井昌樹、管啓次郎ほか

207 尾花仙朔詩集

個から普遍へ。日本語の美と宇宙論的文明批評の無二の到達点『有明まで』『春靈』全篇収録。解説＝溝口章、鈴木漠、原田勇男、こたきこなみ、島内景二

208 田中佐知詩集

代表作『MIRAGE』『砂の記憶』全篇収録。何物にも溶けない砂に己を重ねた詩人が希求した愛と生。解説＝國峰照子、北川朱実、小池昌代、和合亮一